講談社文庫

札幌駅殺人事件

西村京太郎

講談社

札幌駅殺人事件——目次

第一章　千歳《ちとせ》空港

1

市川真代《いちかわまさよ》は、札幌《さっぽろ》市内のホテルを出て、タクシーで千歳空港に向かった。

田宮《たみや》が、今日、すべてを捨てて、東京から、こちらへ来てくれることになっていた。

文字どおり、すべてを捨ててである。

田宮は、四十歳。妻があるし、中央興産の営業課長としての地位もある。また、東京には、彼の友人も多いし親戚《しんせき》もいる。そうしたものを、すべて捨てて来るのだ。

「明日の十二時の飛行機に乗るよ」

と、昨日、田宮が電話でいった。

だが、本当に今日、彼が来るのかどうか、真代には、まだ自信がない。

田宮が二十代の若さなら、簡単に相手の言葉を信じたろう。

だが彼は、中年の、地位も家族もある男なのだ。そのすべてを捨てることが、本当にできるのだろうか?

田宮の愛情は、信じている。信じているからこそ、一緒に逃げようと誓い、真代は、一足先に札幌へ逃げて来たのである。

真代は、二十四歳。OL三年生だった。東京を捨てたといっても、失うものは少なかった。

仕事は、こちらで見つけても、たいして違いはしない。両親とは別れたが、それでも、電話はできるし、両親のところには、兄も姉もいる。田宮が失うものに比べれば、ごくわずかである。

それだけに、田宮が、果たして、約束どおり来てくれるかどうか、不安だった。最後になって、どうしても捨てられないものが、出てしまうのではないのか。

「大丈夫だよ」

と、田宮はいったのだが。

空港に着いたのは、十二時半である。

田宮のいった便が到着するのは、一三時二五分。

真代は、ゆっくりお茶でも飲んでからという気にはなれず、三階に上がると、送迎デッキに出てみた。

頭上には、六月の青空が広がっている。東京では、三十度を超す暑さだというが、この札幌は、二十度を少し超えただけである。

次々にジャンボ機が到着し、満席に近い乗客が、吐き出される。

千歳は、自衛隊の基地でもあるので、ひときわ甲高いジェット音を残して、ジェット戦闘機が離陸して行くのも見える。

(果たして、田宮は、来るのだろうか？)

という不安が、また頭をもたげてきた。

彼が来る代わりに、「やっぱり、駄目だった」という手紙が来たりするのではないのか。

一二時〇〇分羽田発の便が、都合で十分ほど遅れるという放送があった。真代の気持ちを、いっそう不安がらせるような放送だった。

別に、田宮のせいで、一二時の便が遅れたのではあるまいが、真代にしてみれば、どんなことでも、不安の夕ネになってくるのである。

結局、問題の便、全日空61便は、九分遅れて到着した。

真代は、送迎デッキの手すりから身を乗り出すようにして、じっと眼の前を動いて行くジャンボ機を見つめた。

機体の側面に並ぶいくつかの窓から、乗客の顔がのぞいているが、その中に、田宮の顔があるかどうか、わからなかった。

真代は、一階の到着ロビーにおりて行った。

今の全日空61便で到着した乗客たちが、バゲージルームで、自分たちの荷物を受け取っているところだった。

反対側には、迎えに来た人たちが集まって、手をあげて合図をしたり、名前を呼んだりしている。

真代は、彼らから、少し離れたところに立った。必死に田宮の姿を探した。

田宮は、多分、偽名で乗って来たに違いないから、名前を呼ぶのもはばかられた。

長身の中年の男が、真代のほうを見て、軽く手をあげた。

田宮だった。来てくれたのだ。

ふいに、真代の眼に涙があふれた。

2

二人は、いったん、タクシー乗場に行ってみたが、ずらりと並んでいる行列の長さに辟易《へきえき》して、札幌まで列車で行くことにした。

空港の二階に上がってから、千歳空港駅への連絡通路に、歩いて行った。

真代は、田宮が約束を守ってくれた嬉しさで、彼にしがみつくようにして歩いた。

が、田宮のほうは、なぜか暗い表情をしていた。

「どうしたの？」

と、歩きながらきくと、田宮は、

「早く、ここを離れたいんだ」

「誰か、知っている人がいたの？」

「ああ、機内で、知っている顔がいた。見つからなかったとは、思うんだがね」

と、田宮がいう。

田宮の妻は、遠くから二度ほど見たことがあるだけだが、意地っ張りだという噂は、聞いていた。

田宮がひと廻り以上も若い小娘の真代と、北海道に逃げたと知ったら、決して許しはしないだろう。

連絡通路を、駅に向かって歩く人々の中には、圧倒的にダークスーツ姿が多かった。

そのことが、また真代を不安にする。

東京から北海道まで逃げて来たのに、ビジネス的には、これだけ東京に近いと、すぐ見つけられてしまうのではないかという不安がある。

連絡通路は、全長約二五〇メートル。途中に駐車場におりる階段があり、団体客は、添乗員に案内されて、そちらへ消えて行った。団体客のバス乗場になっているのだ。

通路は、さらに国道三六号線をまたいで、千歳空港駅に着く。

「私たちは、お客様から学びます。ＪＲ北海道千歳空港駅社員一同」と、大きく書かれた文字が、眼に入った。

「民間だから、駅員でなく社員か」

と、田宮は何の脈絡もなくいって笑ったが、本当の笑顔には見えなかった。緊張を、なんとかして、解きほぐそうとしたのだろうが、すぐ、その笑いは消えてしまっなんとなく、周囲を見廻す眼になっている。

一三時五七分発の旭川《あさひかわ》行きのL特急「ホワイトアロー7号」に間に合う時間だったが、わざとこの列車を避けて、一四時〇一分発の小樽《おたる》行き普通列車に乗ることにした。

東京からやって来たビジネスマンたちが、特急「ホワイトアロー7号」に乗り込むのを見たからである。

各駅停車の普通列車のほうは、さすがに地元の乗客が多く、田宮も、座席に腰を下ろしてから、やっと穏やかな表情になった。

「奥さんには、何といって出て来たの？」

真代が、小声できくと、田宮は、苦い笑い方をした。

「黙って出て来たよ。何をいっても、ケンカになるようになっていたからね」

「奥さんは、あなたのことを探すかしら？」

「意地になって探すだろうね。おれに未練《みれん》があるからじゃない。悔《くや》しさで探すんだ。私立探偵ぐらい使うだろうね」

「怖い人ね」

「嫌な女だよ」

と、田宮は呟《つぶや》いてから、

「もう、家内の話はやめだ。君の話をしてくれ。札幌はどうだ？」

「気候は違うけど、東京に似ているから、生活はしやすいわ。それより、あなたがこれからどうするかが問題だわ。こちらで勤めるといっても、大変だし――」

「それは、なんとかするさ。とりあえず生活費として、一千万円ほど、現金で持って来たからね」

田宮は、膝の上のボストンバッグを、軽くゆすって見せた。

「現金で？」

「ああ。札幌で、カードを使って現金をおろしたりしたら、すぐ嗅ぎつけられるからね」

と、田宮はいった。

列車は、しばらく住宅街を走ってから、北海道らしい原野の中を走る。森が見え、畑が見え出した。牧場の緑が広がる。

「仕事がなかったら、牧場で働いてもいいな」

と、田宮が窓の外を見て、呟いた。

「きっと、あなたに向く仕事があるわ」

と、真代はいった。

田宮は四十歳の中年にしては、引き締まった、逞《たくま》しい身体をしているが、それは、あくまでも都会人としてはである。

田宮が牧場の力仕事に向くとは、真代には思えなかった。

札幌に着いたのは、一四時五三分である。

二人とも、他の乗客の流れと一緒に、地下道におりて、改札口を抜けた。

気がつくと、地下鉄南北線の切符売場の前へ来てしまっていた。

真代と田宮は、思わず顔を見合わせて、笑ってしまった。

それで、少しは、気持ちが明るくなったのか、田宮が、

「お腹が空いたね。食事をしよう」

と、真代にいった。

二人は、階段を上がって、地上に出た。

「風が乾いていて、気持ちがいいね」

と、田宮がいった。

二人は、駅近くの食堂に入った。時間が時間なので、客の数は少なかった。

彼らのほうを、注視している人間もいない。

「いちばん安いものでいいわ。これから、お金を大切にしないと、いけないいんだから」

と、メニューを見ながら真代がいうと、田宮は笑って、

「今から、そんな心配してたら、身体がもたないよ。それに、今日は二人で、札幌の生活を始める記念日だよ。まあ、ここは、たいしたレストランじゃないが、いちばん高いものを注文しようじゃないか」

「大丈夫なの？」

「ここに、一千万円あるって、いったじゃないか」

田宮は、ボストンバッグを、テーブルの上にのせてから、まずビールを注文した。

そのあと、この店でいちばん美味《うま》いものをと、田宮はいった。

ビールが運ばれてくると、田宮は、

「乾杯だ」

と、真代にいった。

真代も田宮の言葉に元気が出て、ニッコリした。

（そうだ。これから田宮と、札幌での生活が始まるんだ。それなのに、今から萎縮《いしゅく》し

ていたのでは、どうしようもない。気を大きく持とう）

と、思い、

「乾杯」

と、大きな声でいった。

「札幌は、東京と同じだね。ほっとしたよ」

田宮は、窓の外に眼をやっていった。

二人のいる食堂は、駅前の雑居ビルの七階にあって、窓から、札幌駅や駅前の商店街を、見下ろすことができる。

せわしなく歩いている人々の群れも、車の流れも、東京と変わらない。

「これだけの大都会なら、きっと、いい仕事が見つかるわ」

と、真代はいった。

自分の仕事については、彼女は、心配していないからだ。東京でも、新人ＯＬだったのだから、就職口はいくらでもあるし、安い給料でも満足できるが、田宮のほうは、そうはいかないだろう。

人一倍、自尊心が強く、他人《ひと》から見下されることに我慢のできない田宮が、安い給料の、平社員に甘んじるとは思えないからだ。

十二年間、連れ添った妻を捨てて、真代に走ったのも、妻の態度に我慢ができなくなったことが、大きな要素になっているはずだった。

妻のはるみは、教養もあり美人だが、重役の娘ということがあって、傲慢《ごうまん》だったらしい。

そんな田宮が、新天地の札幌へ来て、うまく就職できるだろうか？

料理が運ばれて来た。一応、フランス料理である。田宮は、ワインも注文した。

「もう一度、乾杯しよう」

田宮が、今度は、ワイングラスを手にしていった。

「今度は、何に乾杯するの？」

「君の若さにだよ」

と、田宮はいう。

きっと彼は、今、自分と別れて来た妻とを比べているに違いないと、真代は思った。これからだって、きっと、何度かそうするだろう。それに勝っていかなければならない。

食事がすむと、真代は、借りておいたマンションに、田宮を連れて行った。

地下鉄東西線の円山《まるやま》公園で降りて、五、六分のところである。

四階建ての新築のマンションだった。

3LDKの広さである。二人だけ、それも逃避行の二人にとっては、贅沢《ぜいたく》かもしれなかったが、真代は、田宮の妻に張り合う気があったのである。

田宮は等々力《とどろき》の一等地に、広壮な屋敷を持っていた。彼が課長になったとき、妻のはるみの両親が、当時の金で一億五千万円で買い与えたものだった。

真代は、それに負けたくなかったのだ。

「ずいぶん、広いじゃないか」

と、田宮は感心したように、室内を見廻した。

「広いことは広いんだけど――」

真代は、照れ臭そうに笑った。北海道のマンションらしく、暖房器具は備え付けになっているが、その他の家具は、何もなかったからである。

十二畳の居間には、応接セットもないし、窓には、まだカーテンもかかっていない。

布団類だけを、近くの店で買って来ているだけだった。

「これで、いくらだい？」

田宮は、ベランダへ通じる窓を開けて、外の景色を見ながら、真代にきいた。

「八万二千円なの。他に管理費が三千五百円かかるけど」

「さすがに、札幌は安いねえ。この辺は、公園は近いし、地下鉄で札幌駅まで、十五、六分で行けるんだろう？」

「ええ」

「いいところを見つけてくれたよ」

と、田宮はいきなり真代を抱き寄せて、キスしてから、

「そうだ。これから家具を買いに行こう。真代の好きな可愛らしい家具がいいな」

と、はしゃいだ声でいった。

3

田宮が、一千万円の現金をボストンバッグに詰めて来たことは、本当だった。

その中の百万円ほどが、第一日目の買い物で消えてしまった。冷蔵庫や洗濯機、応接セット、テレビなどを買ったからである。

真代は、不安になって、少しずつ買いましょうといったのだが、田宮は笑って、

「二人の新しい生活が始まるのに、けちけちするなよ」

と、いった。

もともと田宮の金だから、そういわれてしまうと、真代は、黙るより仕方がなかった。

彼女自身だって、新しい家具やテレビに囲まれると、嬉しいのだ。

田宮は、一ヵ月は、のんびりと暮らしながら、職探しをしたいといった。

まだ、九百万あるからというより、やっと東京から逃げて来たのだからという気持ちなのだろう。真代は、そう思った。

真代は、田宮をせっつく気はなかった。とにかく、すべてを捨てて札幌へ来てくれただけで、嬉しかったからである。今、早く働いてくれといったり、将来の心配ばかりしていたら、田宮は嫌になって、また、東京へ帰ってしまうかもしれない。

田宮が嫌がるので、真代もしばらくは働きに出ないで、彼と一緒に過ごすことにした。

最初の何日間かは、向こうの家の関係者か、私立探偵が田宮を探しに来るのではないかと、真代は不安だったが、一週間がたって、その不安は、次第に消えていった。

それらしい人間が、彼女たちのマンションを訪れて来ることはなかったし、電話もかかっては来なかった。

田宮が来て、十日目の六月十四日に新聞を見ると、明日の十五日が、「札幌まつり」だと書いてあった。

今日が宵宮《よいみや》で、十六日がみこし渡御《とぎょ》だとある。

「明日、行ってみようじゃないか。気晴らしにいいかもしれないよ」

と、田宮が真代を誘った。

真代も、気持ちが動いた。もともと下町に育って、お祭りは好きなのだ。

中島《なかじま》公園には、露店が出て賑わっている。今年の人出は、百万人を超すだろうとも書いてあった。地下鉄も増発するという。

本来は、円山公園の近くの北海道神宮の例大祭だから、みこしと山車《だし》は、北海道神宮を出て、中島公園の近くを廻って、神宮に戻って来る。

二人は、十五日の夕方、中島公園へ出かけた。

お化け屋敷があったり、ジャンボ迷路が作られていたり、オートバイサーカスが舞台を並べていたりして、その他に露店が何軒も並んでいる。

大変な人出だった。

田宮と真代は、手をつないで、露店をひやかして歩いた。

噴水を取り囲む形で、露店が並ぶ。たこやきもあれば、ラムネを売っている店もあり、金魚掬《すく》いや輪投げに、子供たちが歓声《かんせい》をあげている。

真代は、田宮と、人波に押されるようにして歩きながら、

「奥さんは、どうしているかしら？　あなたを探していると思う？」

と、きいた。

怖いのは、それだけだったからである。

「さあね。意地っ張りだからね。早く諦《あきら》めてくれるといいんだが」

田宮は、肩をすくめるようにしていった。

のどが渇いたので、ラムネを二本買って飲んだ。

その店の前で、立ち止まって飲んでいるとき、真代は、人混みに逆《さか》らうように、動かずにこちらを見ている男がいるのに、気がついた。

三十歳ぐらいの男である。

白い夏のブルゾンを羽織り、サングラスをかけている。

気になって、田宮に、

「あの人、あなたの知っている人？」

と、小声できいた。

田宮は「え？」と、真代のいうほうを見たが、そのときには、サングラスの男は、

人波の中に消えてしまっていた。

「変な男が、じっと、私を見てたの」

「気のせいじゃないのか？」

「そうじゃないと思うけど――」

と、いったが、真代にも、自信はなかった。偶然、こちらを見ていただけかもしれないからである。

「まだ、地下街の商店は、やっているだろう？」

と、田宮は、腕時計を見ていい、真代が肯《うなず》くと、

「君の夏物の服を、買いに行こう」

と、いって、歩き出した。

4

その夜の午後九時過ぎ、正確にいえば、二一時一一分。

札幌駅では、函館《はこだて》発の特急「北斗《ほくと》13号」が到着した。

函館を一七時一二分に発車した、七両編成の気動車特急である。

定時に到着した列車からは、ひとしきり乗客がどっとホームに降りて来たが、すぐひっそりとなった。

車掌の山下《やました》は、乗客の消えた車内を、一両ずつ点検していった。

たまに酔っ払って、寝込んでいる乗客がいるし、網棚に忘れ物があったりするからである。

函館発が、一七時一二分という時間のせいか、車内で、駅弁を食べる人が多く、座席の下には、空になった駅弁の箱が、たくさん押し込んであるのが、目につく。

5号車のグリーン車には、最近、電話がついたのだが、その電話機の傍《そば》に、革の小銭入れが置き忘れてあった。

八百円ほど入っているのを確認してから、それを持って、4号車のほうに進んで行った。

3号車のデッキまで来たとき、その隅に、男がしゃがみ込んでいるのを見つけた。

「お客さん。札幌ですよ」

と、声をかけた山下は、その言葉を途中で飲み込んでしまった。

男のしゃがみ込んでいるあたりが、どす黒く濡れているのに気がついたからである。

血だと、直感した。

「お客さん」

と、肩をゆすると、男の身体は、ずるずると床に崩れ落ちた。

危うく悲鳴をあげかけたのを、山下は、辛うじて抑えたのち、ホームに飛び出して、そこにいた職員に事件を伝えた。

救急車が、やって来た。

鉄道警察隊が現場《げんじょう》を捜査している間に、中央警察署から、刑事たちが駈けつけた。

輸送助役も二人、あわててホームに駈け上がって来て、車内をのぞき込んだ。

幸い、「北斗13号」は、もう引き返さなくてもいい。

二人の救急隊員は、男の身体を調べてから、首を横に振った。

中央警察署から来た三浦《みうら》警部は、すでに死体となった男の身体を、仔細《しさい》に調べた。

胸を刺されたらしく、白いブルゾンの心臓のあたりが、小さく破れていた。その周辺が真っ赤に染まっている。

おくれてやって来た検死官も、三浦に向かって、

「ナイフで刺したんだな」

と、いった。

「即死だったかな？」

「多分ね。心臓を一突きだ」

そのナイフは、周囲に見当たらなかった。

死体の傍には、小さなショルダーバッグが転がっていた。

死体は、毛布に包まれ、そのショルダーバッグと一緒に列車から降ろされ、中央警察署に運ばれることになった。

身元は、すぐわかった。

ブルゾンのポケットに、運転免許証が入っていたからである。住所は、東京の世田谷《せたがや》で、名前は石本功《いしもといさお》。年齢三十一歳である。

ブルゾンのポケットには、他に財布と函館からの切符などが入っていた。

古財布の中には、十一万六千円の金が入っていた。

函館から、特急「北斗13号」に乗って来て、何者かに刺殺されたのだろうと、三浦は考えた。

布製のショルダーの中身は、真新しい下着と、小さなカメラだった。

「東京から旅行に来て、刺し殺されたということになるのかな？」

と、三浦警部は、部下の山口《やまぐち》刑事の顔を見た。

「そうでしょうね。犯人は、多分、顔見知りと思います。物盗《と》りじゃありません」

「金が盗られていないからか？」

「そうです。それに、物盗りなら、なにも殺さずともいいわけですから」

「あの被害者に連れがいなかったか、聞き込みに当たってくれ」

と、三浦はいった。

ＥＥカメラには、二十四枚撮りのカラーフィルムが入っていたので、すぐ現像に廻された。

現像し、焼き付けたフィルムには、函館市内と、列車の車窓風景が、二十四枚中十九枚写されていた。

車窓の風景は、函館から、札幌までの途中の景色である。

死体は解剖に廻され、その結果がわかったのは、翌十六日の午前九時だった。

死因は、当然、心臓への刺傷である。

死亡推定時刻は、十五日の午後八時半から九時半の間ということだった。

二十時三十分から、二十一時三十分までである。

特急「北斗13号」が、二一時一一分に、札幌駅に着いたあと、山下車掌が、死体を発見したのだから、死亡時刻は、もう少し限定されてくる。

午後九時から、九時十五分とみていいだろう。山下車掌が、死体を発見したのが、九時十五分頃ということだからである。

聞き込みのほうは、はかばかしくなかった。

指定席の切符を持っていたら、車掌が、覚えていたかもしれないが、自由席の切符である。

山下車掌も、被害者のことを覚えていなかった。

それに、いつもなら、すいているはずの車内が、札幌まつりのために、混んでいたこともある。

自由席のほうは、車内改札をしていなかったのだ。

三浦警部は、被害者、石本功について、東京の警視庁に、身辺調査を依頼した。

警視庁からは、まず被害者の職業について、連絡があった。

石本功は、一人で私立探偵社をやっている男で、独身ということだった。

5

特急「北斗13号」の車内で殺された男のことは、連日、新聞を賑わせた。

札幌駅に着いた列車の車内で、乗客が殺されることなど、めったになかったからだろう。

十七日の朝刊には、被害者の新しい顔写真と、私立探偵だという職業のことがのっていた。

それを読んで、真代は、十五日の夜、中島公園の露店を見ていて出会った男のことを思い出した。

「ね。この人、よく似ているわ」

と、朝食のときに、田宮にいった。

「この男がかい？」

田宮は、眉をひそめて、新聞にのっている「石本功」という男の顔写真を見た。

「そうなの。あのとき、私たちを、じっと見ていたサングラスの男に、よく似てるわ」

「しかし、この男は、函館から、『北斗13号』に乗って、札幌に来た乗客だと書いてあるよ」

「ええ」

「それなら、違うんじゃないか。君が、中島公園で、サングラスの男を見たのは、確か七時過ぎだったろう？」

「ええ。七時半頃。あれから、地下街へ行って、私の夏服を買ってもらったんだわ」

「だから、違うよ。『北斗13号』は、確か、夕方の五時頃、函館を出たんだろう？」

「ええ」

「それなら、別人だ」

「でも、東京の人間で、私立探偵だわ」

「家内がこの私立探偵に頼んで、僕たちを探させていたというのかい？」

「ええ。そうじゃないかと思ったんだけど」

と、真代はいった。

「心配のしすぎだよ。家内は、私立探偵を使って、僕たちを探しかねない女だ。だが、殺されたこの男は違うと思うよ。札幌に着いたときは、もう殺されていたんだ」

と、田宮はいった。

「それなら、いいんだけど――」

「札幌は、人口が百六十万近いんだ。僕たちは、その中にもぐり込んでるんだ。そんなに簡単に見つかるものか」

田宮は、安心させるように、真代にいった。

「それはそうだけど、なんだか、怖くて――」

と、真代は青い顔でいった。

いつか二人で札幌にいるのが、見つかってしまい、田宮との仲を引き裂かれるのではないかという不安が、絶えず真代にはある。

田宮の妻の家は、ただ単に、会社の重役というだけでなく、政治家とも親しいと聞いたことがある。

どんな力で、田宮を連れ去るかわからない。

「君の心配性にも、困ったものだ。そこがまた、可愛いんだが」

と、田宮は、笑っていたが、

「そうだ。気晴らしに、二人で、温泉へ行ってみないかね」

「温泉？」

「ああ、札幌の近くに、定山渓《じょうざんけい》温泉というのがあるだろう。どうだ、二、三日、二人で遊びに行ってみないか」

「でも、お金が心配だわ」

「けちけちしなさんな。まだ、九百万近くあるんだ」

と、田宮は笑っていった。

田宮にいわれると、真代も反対はできなかったし、田宮と二人で、温泉で遊びたい気持ちもあった。ちょっとしたハネムーンの感じもするからだった。

二人は、その日のうちに、定山渓温泉へ出かけることにした。

札幌駅前のバスターミナルから、一八時一七分発の定山渓行きのバスに乗った。定鉄《じょうてつ》バスである。

別に、観光バスというのではない。真代たちの他に、十人ほどの乗客がいたが、観光客という感じではなかった。

バスは、札幌市内のネオン街薄野《すすきの》を抜け、国道二三〇号線に入った。まだ、外は明るく、真駒内《まこまない》公園を左手に見ながら、走る。豊平川《とよひらがわ》が、見える。

真代は、窓ガラスに額を押しつけるようにして、流れる景色を見つめていた。

バスは、かなりのスピードで国道二三〇号線を走り続けた。

隣りに座っている田宮は、いつの間にか、真代の肩にもたれるようにして、眠ってしまっている。

(ずっと、こちらへ来て、緊張のしつづけで、疲れているんだわ)

と、思った。

東京にいれば、会社での地位が約束され、広い屋敷に住んでいる男なのだ。それが、北海道へ来て、いまだに職もない。

(ごめんなさい)

と、田宮の寝顔に向かって、謝った。

次第に、人気《ひとけ》がなくなり、バスは、山間部に入って行く。

突然、女性の声で、

「このトンネルを抜けると、定山渓温泉でございます」

というアナウンスがあった。

ワンマンバスなので、真代は、びっくりしてしまったが、眠っていた田宮も眼を覚ました。

「もうじきらしいわ」

と、真代はいった。

定山渓神社前で降りた。札幌から一時間十分である。

薄暮が温泉街を覆い、街灯がいやに明るかった。

大きなコンクリート造りのホテルが多かった。

その一つ、ホテル「鹿の湯」に、二人は泊まった。客室数一八九という大きなホテルである。

二人が案内されたのは、和室に洋風のベッドルームがついているという広い部屋だった。

夕食のあと、温泉に入ることにして、浴衣《ゆかた》に着替えて、階下へおりて行った。

瑞雲《ずいうん》という大浴場があり、男湯は「殿」、女湯は「姫」ののれんが、かかっている。

真代は田宮と別れて、「姫」に入ってみた。

コンクリートの階段をおりて行くと、大理石造りの広い浴場だった。
五、六人の先客があった。中年の女性たちで、同じグループで来たらしい。
真代は、彼女たちから離れた場所に、身体を沈めた。

確かに、田宮のいうとおり、来てよかったと思った。気分が変わるし、久しぶりの温泉だった。

身体を洗って出て行くと、田宮は、先に出て、待っていてくれた。

部屋に戻って、一緒に飲んでいると、真代の身体が熱くなってきた。温泉に来て、解放感に浸《ひた》ったせいかもしれない。

その夜、真代は、田宮と熱く燃えた。

6

翌朝、真代は、ゆっくりと眼を覚ました。

隣りのベッドを見ると、田宮の姿がない。はっとして起き上がったとき、田宮が戻って来た。

「お早う」

と、呑気《のんき》な声でいう。

真代は、心配しただけに腹立たしくて、

「どこへ行ってたの？」

と、咎《とが》めるようなきき方をした。

「少し早く起きたんで、温泉に入って来たのさ」

「それなら、私を起こしてくだされぱいいのに」

「そうしようと思ったが、よく寝ていたんでね」

と、田宮は笑ってから、

「朝食は、階下《した》で、ビュッフェ料理だよ。機嫌を直して、朝食をすませたら、散歩に行こうじゃないか」

という。

真代は、支度をして、田宮と階下へおりて行った。

ビュッフェ形式の朝食をすませ、ロビーでやっている土産物の朝市を見てから、真代と田宮は、朝の散歩に出てみた。

温泉街の中は、石畳の道路である。そこを、ゆっくりと歩き、豊平川の渓流にかかる吊橋《つりばし》を渡り、カッパが棲《す》むというカッパ淵《ぶち》をのぞき込んだりして、歩いた。

真代は、前方で、急に何かが光ったような気がして、眼をしばたたいた。

豊平川の向こう側で、小柄な男がこちらに向かって、カメラを向けていたのである。そのカメラのレンズが、朝陽を反射して、光ったらしい。

男は、まだ真代たちにカメラを向けている。

「あの男、私たちの写真を撮《と》ってるわ」

と、真代は、田宮にいった。

田宮は、気づかずに、煙草に火をつけようとしていたが、対岸に眼を向けて、

「茶色のベストみたいなのを着ている男かい？」

「ええ」

「確かに、カメラを持ってるが、ただ、この辺の景色を撮ってただけじゃないのかい？」

田宮は、半信半疑の顔だった。

男は、もう素知らぬ顔で、別の方向にカメラを向けている。

「違うわ。私たちを撮ったのよ。あのカメラには、望遠レンズがついてるわ。景色を撮るのに、望遠レンズなんか使う人はいないんじゃないの」

「それは、なんともいえないが、よし、調べてくる」

と、田宮はいい、対岸に通じる吊橋に向かって、駈け出した。

真代は、制止《とめ》ようとして、やめてしまった。田宮は、中年だが、ときどきかっとして突進するところがあったし、カメラを持った男が、何者なのか、知りたくもあったからである。

あの男は、間違いなく、真代たちを撮ったのだ。その理由を知りたかった。

田宮は、大学時代、サッカーをやっていたと聞いたことがある。それを証明するような、しなやかな走り方で、あっという間に吊橋を駈け渡り、男に向かって突進して行った。

小柄な男は、ぼんやりと、田宮が自分に向かって駈けて来るのを見ている。

真代は、息を殺して、男と田宮を見守っていた。

田宮は、男の傍に行くと、相手を見下ろすようにして、何かいっている。

対岸にいる真代には、声は聞こえないが、何をしているんだと、怒鳴ったのだろう。男は、あわてた様子で、首を横に振り、まわりの景色を指さしている。景色を撮っていたのだと、弁解しているのだろう。
二、三分、田宮と男は、何かいい合っていたが、田宮が、突然、相手のカメラを取りあげた。
男が、取り返そうとする。

田宮が、相手を突き飛ばした。

見ていた真代が、はっとした。が、田宮は、奪い取ったカメラの裏ぶたを開けて、中のフィルムを引き出している。

男は、起き上がって、すごい顔つきで、田宮に食ってかかっている。

田宮は、男にカメラを返すと、ポケットから札を取り出し、男のポケットに押し込んだ。それがすむと、田宮は、ケンカに勝った子供みたいな足取りで、真代のところに戻って来た。

「がたがたいってるから、フィルムを引き抜いてやったよ」

と、田宮は興奮した口調でいい、手に持っているフィルムを、水に投げ込んだ。

「大丈夫？」

真代は、心配して、対岸を見た。

男は、しばらく、こちらを見ていたが、田宮の態度に恐れをなしたのか、こそこそと、姿を消した。

「フィルムを引き抜いただけじゃあ、泥棒だといって、騒ぎ立てられると困るから、五千円札を、奴のポケットに押し込んでやったよ。あれで、フィルムを買ったと、いいわけがつく」

田宮は、笑って見せた。

「私たちを、写してたんでしょう？」

「まわりの景色を写していたんだと、いってたがね」

「嘘だわ。望遠レンズで撮ってたもの」

「そのことでは、奴は、自分はプロのカメラマンで、出版社に頼まれて写真を撮っているんだと、いってたよ。望遠レンズを使う場合もあるんだって。そういえば、あのベストは、よく、カメラマンが着てるチョッキだったな。ショルダーバッグには、もう一台、カメラが入ってるともいってた」

「かもしれないが、まあ、フィルムを取り上げたんだから、どっちにしろ、もう安心していいよ」

と、田宮はいった。

「本当かしら？」

7

東京では、警視庁捜査一課の亀井《かめい》刑事が、若い西本《にしもと》刑事と、札幌で殺された石本功のことを、引き続き調べていた。

道警の要請である。

問題は、私立探偵の石本が、どんな仕事で北海道に行っていたかである。

それによって、犯人は、いろいろと考えられるからだった。

道警の要請も、その点を明らかにしてほしいというものだった。

石本功のやっていた私立探偵社は、四谷《よつや》四丁目の雑居ビルの二階にあった。

せいぜい、二十四、五平方メートルの一室である。窓には、「信用絶大、石本探偵事務所」の大きな看板が出ていたが、実際は助手もなく、石本一人でやっていたらしい。

亀井と西本は、ドアを開けて、事務所に入った。

普通、こうした事務所には、依頼された仕事の報告書の写しが、きちんと保管されているものだが、キャビネットを開けてみても、何も入っていなかった。

「あまり、はやっていなかったようですね」

と、西本が肩をすくめるようにしていった。

「だから、逆にいえば、どんなダーティな仕事でも引き受けたかもしれん」

と、亀井がいった。

「しかし、道警の話では、石本功のカメラには、ほとんど函館と車窓からの景色しか写っていなかったそうじゃありませんか。仕事じゃなくて、遊びに行ったのかもしれませんよ」

「遊びに行って、殺されたのか？」

「顔つきが、あまりよくありませんからね。『北斗13号』の車内で、ケンカしたんじゃありませんか。その相手が、運の悪いことにヤクザかチンピラかで、ぐさりとやられてしまったのかもしれません」

「その可能性は、百分の五ぐらいしかないな」

「そうですかね？」

「とにかく、探すんだ」

「何をですか？」

「最近、どんな調査依頼を受けていたかだよ」

「こういう連中は、仕事が来ても、いちいちメモなんかとっていませんよ」

「それでも、探すんだ」

と、亀井はいった。

「しかし、探すところなんかありませんよ」

西本は、眉を寄せて、室内を見廻した。

ひどく、がらんとした部屋である。キャビネットには、もっともらしく、「調査報告書（写）」と書かれているが、中には、何も入っていなかったし、机の引出しに入っていたのは、煙草の空箱や、パチンコの玉だった。

亀井は、その引出しを抜き出すと、空いたところに手を入れて、調べていたが、

「あったぞ！」

と、声をあげた。

セロテープで、貼りつけてあった預金通帳を見つけたのだ。

亀井は、その通帳を広げて見ていたが、

「見ろよ」

と、西本に渡した。

情けないほど小さな額の出し入れが続いていたが、突然、五百万円という金額が、振り込まれていた。

六月十日の日付である。

十五日に殺されているから、その五日前である。

「銀行へ行ってみよう」

と、亀井が勢い込んでいった。

通帳は、この近くのK銀行のものだった。

午後三時に近かったが、支店長に会うことができた。

振り込みは、同じK銀行の新宿支店で行なわれていることが、わかった。

〈浅井《あさい》　良《りょう》〉

という名前の人間が、振り込んでいるのだ。

それも、現金を持って来たのだという。振込伝票の写しが、こちらに来ているというので、亀井は、見せてもらった。

確かに、浅井良と、角張った字で書いてある。

新宿支店で、その五百万円を受け付けた女子行員を、電話で呼び出してもらった。

「現金で五百万円だったので、よく覚えていますわ」

と、彼女は電話口で、亀井にいった。

「どんな男でした？」

「三十歳くらいの男の方で、サングラスをかけていらっしゃいましたわ。きちんと背広を着ていて、別におかしいところは、ありませんでしたけど」

「もう一度、会ったら、わかりますか？」

「ええ、わかると思いますけど」

と、彼女はいう。

あとで、似顔絵を書くのを手伝ってほしいといって、亀井は、電話を切った。

亀井と西本は、伝票の写しを借りて、警視庁に戻った。

上司の十津川《とつがわ》警部に報告すると、

「石本功が、何か、あまりおおやけにできない仕事を頼まれていたのは、確からしいね」

といった。

「私もそう思います。調査は、それがうまくいったとき、成功報酬として支払われますが、最初に五百万円、それも、現金で振り込むのは、異常です」

「それで、殺されたかな？」

「かもしれません」

「五百万円の預金があったとすると、被害者は、キャッシュカードを持っていたんじゃないかね。道警の話では、所持品の中になかったみたいだが」

と、十津川はいった。

亀井は、道警本部の三浦警部に電話をかけ、五百万円の件を報告してから、キャッシュカードのことをきいてみた。

「キャッシュカードは持っていませんでしたよ。犯人が持ち去ったのかもしれませんね。そうだとすると、どこかで引き出す可能性がありますね」

と、三浦はいった。

翌日、K銀行新宿支店の女子行員に協力してもらい、五百万円の現金を持って来た男のモンタージュが作られた。

うすい色のサングラスをかけ、髪を七、三に分けた男の顔である。

眉が太い点をのぞけば、平凡な顔立ちに見える。

女子行員の証言で、「身長一六五センチくらい、体重六十キロ前後、小太り」と、注をつけた。

紺色の背広を着ていて、普通のサラリーマンに見えたと、女子行員はいった。

振込伝票の写しと、モンタージュは、すぐファックスで、札幌中央警察署にいる三浦警部宛に送られた。

「あのモンタージュの男が、犯人ですかね？」

西本は、亀井にきいた。

「それは、どうかな。ただ、あの男は、被害者の石本功が、何の仕事で北海道に行ったか、知っているはずだよ」

と、亀井はいった。

第二章　第二の殺人

1

石本功という私立探偵が殺されたことは、真代を、落ち着かなくさせた。

石本が、中島公園で、じっと真代や田宮を見ていたのは、間違いなかったからである。

田宮の妻が私立探偵を傭《やと》って、二人を探させていたに違いなかった。

それに、この定山渓でも、二人のほうを見て、カメラを構えている男にぶつかった。田宮が怒って、フィルムを抜き取ってしまったが、その男だって、偶然、あそこにいたとは思えないのである。

明らかに、真代たちを見て、カメラを構えていたのだ。

その男も、田宮の妻に頼まれて、真代たちを見つけに、北海道へやって来たのだろうか？

写真を撮ったのは、依頼者への報告に必要だからだろう。

今日で、定山渓へ来て三日になる。

温泉に入り、ホテルで作ってくれる食事を食べ、田宮と、二人だけの生活を楽しんでいられるのは素敵なのだが、真代は、次第に不安になって来た。

こんなことをしていて、いいのだろうかという不安だった。

田宮は、一千万円の現金を持って、東京から逃げて来た。だから、のんびり、やって行こうと笑い、

「こんな恋の逃避行もあっていいんじゃないか」

と、二人で温泉につかりながら、呑気なことをいっているが、真代のほうは、楽しさの中で、ときどき、不安になってくる。

田宮と、一瞬の快楽を共にするだけでいいのなら、金がある間は、温泉にのんびりという生活もいいだろう。

しかし、真代は、田宮と、いつまでも一緒に暮らしたいのだ。

田宮の妻は、多分、意地で離婚は承知しないだろう。それどころか、田宮を探し出

して、連れ戻そうとするに違いない。

真代は、それは、覚悟の上で札幌に逃げて来ている。本当に田宮を自分のものにするには、長い時間がかかるであろうことも、覚悟していた。

そのためには、こんな浮《うわ》ついた生活はいけないと、思ってしまう。

田宮が、一千万円の現金を持って来てくれたのは嬉しいが、そのお金は、万一のときに備えて、とっておきたいのだ。

ここは東京ではないし、二人の関係は、不倫である。田宮が病気になっても、真代が怪我をしても、ひそかに治さなければならない。助けてくれと、友だちに電話するわけにもいかない。当然、お金が必要になってくる。

一千万円というと、真代には、大金だが、二人が病気でもしたら、あっという間になくなってしまうだろう。

それが怖いし、そうなったとき、田宮が、ひょっとして、東京に帰ってしまうのではないかという恐怖もある。

「札幌へ戻りましょう」

と、真代は、夕食のときに田宮にいった。

田宮は、ビールを美味《うま》そうに飲みながら、

「何をびくついているんだね。まだ三十万も使っていないよ。あと何日か、ここで二人だけの休日を楽しもうじゃないか」

「そりゃあ、あなたと温泉で過ごせるのは、楽しいけど、それが終わったって、別れるわけじゃないわ」

「そんなこと当たり前だろう」

「それなら、もっと地道に生活したいわ。せっかく札幌の市内にマンションを借りたんだから、そこで、普通の主婦のように生活したいの。ちゃんと働いて、食事を作って、一緒にテレビを見てという生活がしたいの」

「もちろん、そうすることになるさ。いつまでも温泉で、のんびりはしていられないからね」

「それなら、もう三日も楽しんだから、札幌へ帰りましょう。こういう生活に慣れてしまうのが怖いし、それに――」

「それに、何だい？」

「温泉で、ホテルに泊まってという毎日だと、生活をしているという感じがしないの。まるで、あなたと逃避行の続きをしているみたいで嫌なの。あなたと本当の生活がしたいわ」

と、真代はいった。

東京で、田宮が彼の妻と一緒にいるのが本当の生活で、こちらでは、偽名でホテルに泊まる逃避行では、いつまでも、彼の妻に負けてしまっているような気がしてしまうのだ。

向こうが、離婚を承知しない以上、籍のことは、どうしようもないが、その他の生活の面では負けないような、夫婦生活を送りたいのだ。田宮のために食事を作り、彼のものを洗濯するような生活である。

真代が、あまりにも真剣な顔をしていたためか、田宮は、一瞬、びっくりした表情になったが、すぐ「わかった」といってくれた。

「明日、札幌に帰ろう」

2

翌日、タクシーを呼んで、札幌へ帰ることになった。

札幌市内に入ると、真代は、ほっとした顔になった。生活の場という雰囲気があるし、ここで、地道に、足をつけて、生活するのだという気持ちになれるからだった。

田宮を、本当に自分のものにするには、多分、長い時間がかかるだろう。その長い生活が、これから始まるのだ。その覚悟はできて――

「ちょっと、とめてくれ」

と、突然、田宮が運転手にいった。

「どうしたの？」

真代が、きいた。

田宮は、怖いような眼になって、

「通りの向こうに、ホテルがあるだろう」

と、小声でいった。

「ええ、あのホテルが、どうかしたの？」

「今、あのホテルに、家内が入って行くのが見えたんだよ」

「奥さんが――」

今度は、真代のほうが青い顔になった。

「ちらりと見ただけだが、間違いなく家内だ。誰が、僕たちのことを、家内に知らせたんだろう」

「きっと、あの男だわ」

「列車の中で殺されていた私立探偵のことか？」

「ええ、お祭りの夜、あの男が、じっと、私たちのことを見ていたの。だから、殺される前に、東京の奥さんに知らせたんだわ」

「そうかもしれないな」

「もう一人、定山渓で、私たちの写真を撮った男がいたでしょう。あなたが、フィルムを取りあげた人。あの人だって、もしかすると、奥さんが傭った私立探偵かもしれないわ」

「家内なら、やりかねないな」

と、田宮は、舌打ちしてから、

「降りよう」

と、急にいった。

有無《うむ》をいわせぬ感じで、田宮は、真代と車を降りた。

「どうなさるの？」

と、真代がきいた。

「これから、あそこへ行って、家内と話し合ってくる。あんな女に追い廻されるのは、我慢がならないんだよ」

田宮は、通りの向こうにあるホテルを睨むように見て、いった。

「ちょっと、待って」

真代は、あわてて田宮を止めた。

「大丈夫だよ」

「でも、奥さんが、承知するはずがないわ」

「わかってるよ。ぶん殴ってやってもいい。ここまで追いかけて来たのが、我慢ならないんだ」

「わかるけど、我慢をして――」

「しかし、こそこそ、逃げ廻るのは嫌なんだ」

と、真代はいった。

「大丈夫だわ。わからない所に逃げてしまえばいいわ」

「しかし――」

と、田宮は考え込んでいたが、

「君は、家内の顔を知ってるね？」

「ええ、二、三度、拝見したことがあるわ。奥さんは、私のことを知らないかもしれないけど」

「じゃあ、あのホテルへ行って、様子を探って来てくれないか。家内が、あのマンションまで知っているとすると、すぐ他へ移らなければならないからね」

と、田宮がいった。

「いいわ、見てくるわ。あなたは、先に帰っていて」

「いや、ここで待ってるよ」

と、田宮はいった。

3

真代は、通りを横切って、そのホテルへ入って行った。

サングラスをかけて、ロビーの隅のソファに腰を下ろして、周囲を見廻した。

広いロビーである。

ロビーの横に、喫茶室があって、四、五人の客がいた。

(いるわ)

と、思った。

その喫茶室の奥のテーブルに、田宮の妻の顔があった。

田宮はるみ。三十五歳。父は中央興産の重役で、都内にいくつもの不動産を持っている。だから、はるみは何不自由なく育った、いわゆる資産家の娘といえる。

美人だが、気が強く、意地が悪い。そうしたことを、真代は、彼女なりに調べて知っていた。

真代のほうは、はるみの顔を知っていたが、向こうは知らないだろうと、思っている。安月給のＯＬなど、はるみの眼中には、なかったに違いないからである。

真代は、大きく息を吸い込んでから、はるみのいる喫茶室へ、入って行った。

怖かったが、真代なりの意地があった。

(ひょっとして、彼女も私の顔を知っていたら、どうしようか?)

と、考えると、足がふるえたが、はるみは、真代を見ても、表情を動かさなかった。

(私を知らないのだ)

と、思うと、こちらが知っているだけに、ざまあみろという気になった。

わざと、彼女の近くに腰を下ろした。

注文を聞きに来たウェイトレスに、アイスコーヒーを頼んでから、じっと、サングラスの奥からはるみを観察した。

彼女は、腕時計を見たり、ホテルの入口のほうに、眼をやったりしている。

誰かを待っている様子だった。

そのうちに、ハンドバッグから煙草を取り出して、火をつけた。

(煙草をのむのか——)

と、真代は思った。

(私は、絶対に、のまないようにしよう)

と、思ったとき、急にはるみが煙草を灰皿でもみ消して、入口のほうに向かって手をあげた。

待っていた人が来たらしいと思い、真代も入口に視線をやって、反射的に顔を伏せた。

あの男だった。

定山渓で、真代と田宮を写真に撮った男である。

(困ったな)

と、思った。あの男は、当然、真代の顔を覚えているはずだった。

傍に来たらわかってしまうと思い、どうしたらいいだろうと、腰を浮かしかけたとき、幸い、はるみのほうから、喫茶室を出て行った。

真代は、ほっとしながら、はるみを眼で追った。

はるみと男は、ロビーの中央あたりで、立ったまま、何か話し合っている。

やはり、あの男も、私立探偵か何かだ。はるみに頼まれて、田宮を探していたのだろう。

二人は、しばらくすると、エレベーターのほうへ歩いて行った。

(きっと、彼女の部屋で、あの男が定山渓で田宮と私を見たと、報告するのだろう)

と、真代は考えた。

二人が、エレベーターに乗り込んだあと、急いで喫茶室を出て、エレベーターの所へ行ってみた。

五階のところで止まったのが、わかった。

彼女は、五階に部屋をとったらしい。

はるみについて知りたいことは、いくらもあった。

彼女は、これから何をする気でいるのか。どこまで、田宮と真代のことを知っているのか。あのマンションを、もう見つけてしまったのか。

フロントで、はるみのことを聞いてみたかったが、それは危険でもあった。すぐフロントが、はるみに連絡するに違いなかったからである。

とにかく、外で待っている田宮に報告しようと、真代は、ホテルを出た。

通りを渡ったが、そこに田宮の姿はなかった。

4

（どこに行ってしまったのだろう？）

と、真代は、歩道に立って、周囲を見廻した。

気の短いところのある田宮だから、待っているのが嫌になって、マンションに帰ってしまったのだろうか？

それとも、今日の暑さに参って、近くの喫茶店にでも入って、涼《りよう》をとっているのだろうか？

真代は、ハンドバッグから手帳を取り出して、自分のマンションの電話番号を確かめてから、赤電話のダイヤルを廻した。

電話のベルが鳴っているが、出る気配はない。

（まだ、帰っていないらしい）

と、思った。

傍に喫茶店があったので、真代は入ってみた。

暑い外から入ると、少しクーラーが利き過ぎて、寒いくらいだった。

田宮は、暑がりのほうだから、ひょっとしてと思ったのだが、彼の姿はなかった。

真代は、窓際のテーブルに腰を下ろし、レモンティを頼んでから、通りの向こうのホテルに眼をやった。

レモンティを飲んでから、もう一度、カウンターのところにあった電話を使ってかけてみたが、まだ田宮は、マンションに帰っていなかった。

（どこへ行ってしまったのだろう？）

と、首をかしげながら、窓際のテーブルに戻ったとき、ホテルの入口から、田宮はるみが出て来るのが見えた。

一緒にいるのは、あの男である。

ホテルの前で、二人は立ち止まって、何か話していたが、男が手をあげて、タクシーをとめようとしている。

真代は、それを見て、急いで喫茶店を出た。

あの二人をつけてみようと、思い立ったのだ。

幸い、こちら側のほうが、タクシーはとめやすかった。

真代は、タクシーを止めて、乗り込むと、Uターンしてくれるように頼んだ。

そのとき、向こうの二人もタクシーをとめて、乗り込んだところだった。

「あのタクシーをつけてみて」

と、真代は運転手に頼んだ。

相手のタクシーは、市内を抜け出ると、まっすぐ定山渓温泉に向かった。

(やっぱり)

と、真代は思った。

あの男が、田宮はるみを案内するつもりなのだ。

「あの二人、どうかしたんですか?」

と、運転手が、バックミラーの中の真代の顔に向かってきいた。

「知ってる人に、よく似てるの」

とだけ、真代はいった。

定山渓温泉に入ると、向こうの車は、真代たちの泊まったホテル「鹿の湯」の前でとまった。

はるみと男は、タクシーを待たせておいて、ホテルの中に入って行った。きっと、ここに田宮や真代が泊まったかどうか、聞くのだろう。

（危なかったわ）

と、真代は溜息をついた。今日、このホテルを引き払っていなかったら、田宮の妻と鉢合わせをしていたところだったのだ。

「どうします？」

と、運転手がきいた。

「少しこのまま待ってて」

と、真代は頼んだ。

七、八分して、はるみと男が、ホテルから出て来るのが見えた。

きっと、今日、田宮と真代が、チェックアウトしたと、聞かされたのだろう。

二人は、待たせてあったタクシーに戻ると、また札幌に向かった。

市内のホテルに戻ったのは、午後五時近かった。

はるみだけが中に入り、男は、カメラをぶら下げて、人混みの中に姿を消してしまった。また、田宮と真代を探し廻るのだろう。

真代は、マンションに帰ることにした。二人のことを、一刻も早く、田宮に知らせたかったのだ。

5

円山公園のマンションに戻ったとき、もう、夕闇が漂《ただよ》い始めていた。

タクシーを降りて見上げると、自分たちの部屋に灯がついている。

（帰っているんだわ）

と、ほっとしたが、ドアにはカギが掛かっていた。

インターホンを鳴らしたが、返事がない。仕方なく、自分のキーで開けて、中に入ったが、田宮の姿はなかった。

灯がついているところをみれば、田宮は、帰ったのだ。

（どうしたのだろう？）

と、思って、部屋の中を見廻していると、テーブルの上に、メモがおいてあるのに気がついた。

〈考えてみたが、やはり、あいつと、話をつける。君もすぐホテルへ来てくれ〉

それだけ、書いてあった。

真代の顔が青ざめた。田宮は、気短だから、何をするかわからない。もし、相手を傷つけでもしてしまったら、せっかく二人で、札幌まで逃げて来たことが、何にもならなくなってしまうのだ。

真代は、また、マンションを飛び出した。

通りかかったタクシーをとめて、乗り込むと、

「市内のNホテルまでやって！」

と、いった。

よほど、真代の顔が引きつっていたのだろう。五十二、三歳の運転手は、走り出しながら、

「大丈夫かね？」

と、きいた。

「何が？」

「顔色が悪いから、心配になってね」

「何でもないわ！」

と、思わず真代は、大声を出していた。

外は、どんどん暗くなっていく。それに合わせるように、真代の不安も大きくなっていった。

田宮も気の短いところがあるし、妻のはるみはお嬢さま育ちで、鼻っ柱が強いと聞いている。

二人が衝突したら、どんなことになるかわからない。

田宮は、札幌まで追いかけて来られて、かりかりしているし、はるみのほうも、今日、夫と真代が泊まった定山渓温泉のホテルを訪ねて、同じように、かっとしているに違いないのだ。

眼を閉じると、田宮が、必死になって、妻の首を絞めているシーンが、浮かんできたりする。

ホテルの前でタクシーを降りると、真代は、ロビーに駈け込んだ。

フロントで、

「五階に、田宮はるみさんという女の人が、泊まっているでしょう？」

と、きいた。

「泊まっていらっしゃいますが――」

「何号室か、教えてください」

「五一六号室です。お呼びしますか？」

「いいわ、自分で行くわ」

真代は、エレベーターに駈け込むと、五階のボタンを押した。

五階に着くと、廊下を駈けた。

五一六号室の前に着いてみると、ドアが大きく開いていた。

嫌な予感がした。もう事件が起きてしまっているのではないのか。

真代は、息を殺し、そっと部屋の中をのぞき込んだ。

ダブルの部屋だった。

大きなベッドと、机と鏡が見えた。

そして、床に倒れている女。

真代の背筋に、冷たいものが走った。怖いのを我慢して、床に倒れている女を見つめた。

俯《うつぶ》せに横たわっている女の後頭部に、血がこびりついているのがわかった。

女は、ぴくりとも動かない。

屈《かが》み込むと、血の匂いがした。手を伸ばして、震える指先で、女の身体をゆすってみたが、反応はなかった。

（死んでいるのだろうか？）

と、思ったとき、急に、背後で、

「何をなさっているんですか？」

という女の声が聞こえた。

振り向くと、ユニホーム姿のルーム係の女が、咎《とが》めるような眼をして、真代を見つめていた。

「早く、救急車を呼んで！」

と、真代は叫んだ。

「何があったんですか？」

「とにかく、救急車を呼んで！」

と、真代は大声をあげた。

ルーム係が、はじかれたように、廊下を走って行った。

真代は、一刻も早く、田宮を見つけなければと思って、エレベーターに向かって駈け出した。

6

真代がホテルを飛び出したとき、遠くで救急車のサイレンの音が聞こえた。

真代は、通りを渡ったところで、大きく息を吐き、ホテルを振り返った。

あの部屋で倒れていたのは、間違いなく、田宮の妻のはるみだった。

田宮が、話をつけに行って、こじれて、彼が殺してしまったのだろうか？

違っていてほしいが、どうみても、田宮の可能性が強い気がしてくる。

救急車が、サイレンを鳴らしてやって来て、ホテルの横にとまるのが見えた。

担架《たんか》を持った二人の隊員が、横の通用口から、中へ入って行った。

何事だろうかという表情で、通行人が立ち止まって、救急車を見つめている。

(死んでいなければいいが——)

と、真代は思った。

二人の隊員は、なかなか出て来ない。そのうちに、パトカーが、一台、二台と駈けつけて来た。

「鑑識」という腕章をつけた男たちもやって来て、ホテルの中へ入って行った。

「何か事件らしいな」

と、真代の近くで、誰かが大声でいった。

また一台、パトカーがやって来た。

(死んだんだ――)

と思うと同時に、真代は、眼の前が真っ暗になってくるのを覚えた。

ただ死んだのなら、パトカーが何台もやって来たりはしないだろう。殺されたと考えたからこそ、こんな大さわぎになっているに違いない。

(田宮さん――)

彼が自分の妻のはるみを殺したとしても、真代には、それを非難する気はなかった。彼女のために、妻を殺すことになってしまったからだと思うからである。

(どこへ、逃げたのだろう?)

と、考えた。

もし、田宮が犯人なら、一緒に、どこまでも逃げてやろうと思う。

真代は、少し離れた通りの赤電話を使って、マンションに電話をかけた。

田宮の応答はなかった。

彼が犯人なら、きっと動揺してしまって、やみくもに逃げているのではないだろうか？

真代は、札幌駅へ行ってみた。田宮が、逃げたとしても、もう駅にはいないだろうとは思いながらも、真代は、行ってみずにはいられなかった。

駅前広場の「牧歌の像」と題された、若い男女のブロンズ像は、ここに来たときは、ロマンチックに見えたのに、今は、暗く、陰気に見えて仕方がない。

入口の横では、「焼きとうきび」のワゴンが出ている。田宮と、一緒に買って食べたいと思ったこともあったのに、今は、そのワゴンが眼に入らなかった。

真代は、コンコースに入って行った。

切符売場や、改札の近くや、名店街といったところを、眼をせわしなく動かしながら、歩いた。

だが、田宮の姿は、どこにもない。

今度は、入場券を買って、ホームに入ってみた。

停車している列車があると、窓から、車内をのぞき込むようにして、ホームを歩いた。

どこにも、田宮はいない。

また、コンコースに出ると、マンションに電話をかけた。

まだ、田宮は帰っていないらしく、何の応答もない。

真代は、腕時計に眼をやった。

午後七時半を回ったところだった。まだ飛行機の便はある。

千歳空港から東京へ行く最終便は、八時三十分（二〇時三〇分）のはずだった。

真代は、駅前のタクシー乗場からタクシーに乗ると、

「千歳空港」

と、いった。

車が走り出すと、真代は、眼を閉じた。

頭が、鳴るみたいに痛い。何を考えたらいいのかわからない。今は、とにかく田宮に会いたかった。

田宮が妻を殺したといったら、一緒に逃げましょうと、いってやりたい。自分は殺していないといったら、その言葉を信じてやりたい。

そのためには、一秒も早く、会わなければならないのだ。

午後八時少し過ぎに、千歳空港に着いた。

ＪＡＬと、ＡＮＡの二〇時三〇分の最終便に乗る人たちが、ロビーで搭乗を待っていた。

真代は、その人たちの中に田宮の顔を探したが、見つからなかった。

時間ぎりぎりに駈け込んで来るかもしれないと思い、最終のＪＡＬとＡＮＡの二機が出発して行くまで、ロビーにいたが、とうとう、田宮は現われなかった。

もう一度、空港ロビーから、真代はマンションに電話をかけた。が、応答がないのは同じだった。

（定山渓へ逃げたのだろうか？）

札幌で考えられるのは、あのマンションか、定山渓しかない。

真代は、ハンドバッグから、定山渓のホテル「鹿の湯」で貰ったパンフレットを取り出し、電話をかけてみた。

「――ですが」

と、泊まったときの偽名をいい、

「主人が、そちらにまだ残っていませんか？」

と、きいてみた。

フロントの係は、「先日は、ご利用いただきまして、有難うございました」と、礼をいってから、

「ご主人様はお見えになっていませんが、こちらに、いらっしゃるわけですか？」

「わかりませんが、行ったら、わたしに、すぐ連絡するようにいってください」

「はい、お伝えします」

「心配していると、伝えてください」

と、真代はいい、マンションの電話番号を教えた。田宮も知っているはずだが、念のためだった。

それから真代は、タクシーで札幌に戻ることにした。

7

円山公園のマンションに帰ったのは、十時近かった。

もしかして、田宮が帰っているのではないかと、淡い期待を抱いて、ドアを開けたのだが、田宮は、いなかった。

ベッドに腰を下ろすと、どっと疲れが出て来た。

もう、どこを探していいかわからない。ここで、田宮からの連絡を、待つより仕方がない感じだった。

両膝を抱えるようにして、壁に背中をもたせかけて、真代は、じっと電話機を見つめた。

早く連絡して来てほしいと思う。真代一人では、どうしていいかわからないのだ。

それでも、深い疲労から、真代は、うとうとした。

けたたましい電話の音で眼を覚まし、あわてて受話器をつかんだ。

「もし、もし、あなたなの？」

と、真代は、必死に呼びかけた。

だが、相手は、黙りこくったままである。しかし、札幌へ来て、住みついたばかりのマンションである。それに、今まで、関係のあった友人や知人には、ここの電話番号は教えていない。いや、札幌に来ていることすら、教えていなかった。

だから、電話して来たのは、田宮以外に、考えられなかったのだ。

「今、どこにいるの？　大丈夫よ。私一人だから教えてください。すぐ行くわ」

「――――」

「なぜ、黙ってるの？　何かいって！」

と、真代が叫んだとき、電話は切れてしまった。

真代は、受話器をつかんだまま、呆然《ぼうぜん》として、宙を見つめた。

今のは、田宮に違いないと思う。それなのに、なぜ、黙っていたのだろうか？　真代まで信じられないというのだろうか？

真代は、溜息をついて、受話器を置いた。

（早く、もう一度、連絡をとって来て――）

だが、なかなか、電話は鳴らなかった。

十一時になったので、真代は、テレビをつけてみた。

ニュースで、Nホテルの事件が、どう扱われているか、知りたかったからである。

〈札幌市内のホテルで、殺人〉

というテロップが、画面に出た。

真代は、じっと、テレビを見つめた。

〈今日の午後、市内のNホテルの五一六号室で、泊まり客の田宮はるみさん三十五歳が、後頭部を強打されて死亡しているのが、発見されました。ルーム係の木島《きじま》きくさん五十歳の証言によると、ちょうど、五一六号室の前を通りかかったところ、ドアが開いていて、中で、二十四、五歳の若い女性が、真っ青な顔で、救急車を呼んでくれと、大声で叫んでいたということです。その女性の肩越しに、部屋の中をのぞいたところ、泊まり客の女性が、血まみれで床に倒れていたので、あわてて連絡を入れたそうですが、救急車が来たときには、若い女性は、姿を消していました〉

アナウンサーが、事件を伝える。それに合わせて、Nホテルの写真や田宮はるみの顔が、画面に出た。

アナウンサーは、さらに説明を続けた。

〈また、フロントの大下徹《おおしたとおる》さん四十一歳の証言によると、同じ女性と思われる人間が、血相を変えて、飛び込んで来て、田宮はるみさんに、用があるといって来たといいます。

五一六号だというと、エレベーターで上がって行ったが、まさか、こんなことになるとはと、驚いています。警察は、この若い女性が事件のカギを握っているものとみて、捜査しています〉

（私のことだ）

と、真代は思った。

田宮のことで、頭がいっぱいで忘れてしまっていたのだが、警察から見れば、真代を疑っているとしても、不思議はない。

それでも、別に怖いとは思わないのは、自分は田宮はるみを殺していないからだし、何よりも、田宮のことが心配だったからである。

テレビは、別のニュースに、切りかわってしまった。

8

いつの間に眠ったのか、真代は、覚えていなかった。

電話の傍で、ベッドに寄りかかって、そのまま眠ってしまったらしい。

カーテンの隙間から射し込んでくる強い夏の光で、眼を覚ました。

手を伸ばして、テレビをつけた。ニュースを見るためである。

画面に、中東状勢のニュースがあってから、Nホテルの事件になった。

〈その後の捜査で、殺された田宮はるみさんは、若いOLと失踪した夫の田宮さん四十歳を探しに、札幌へ来たことがわかりました。夫の田宮さんは、中央興産の営業課長をしていましたが、二週間ほど前に、突然、家を出て、行方をくらましていたということで、二十四歳の女性Iさんと一緒に、北海道へ来ていた模様です。事件当日、ホテルに現われ、田宮はるみさんの部屋を聞いた若い女性は、どうやら、このIさんと思われます。田宮さんの行方もわからず、警察は、田宮さんとIさんの行方を、探しています〉

アナウンサーが喋《しゃべ》る。田宮の顔写真も出た。

警察は、田宮と真代が共謀して、はるみを殺したと考えているのだろうか？

また、凶器は、ホテルの部屋に置いてある厚いクリスタルガラスの灰皿だとわかったとも、アナウンサーはいった。

（田宮は、どこへ行ってしまったのだろうか？）

真代は、テレビを見ながら考えた。警察から逃げて、北海道のどこかへ、姿を隠してしまったのだろうか？

また、電話が鳴った。

真代は、すぐ受話器を取ると、必死の声で、

「もし、もし、あなたなのね？　あなたなんでしょう？　何かいって！」

「――――」

だが、相手は、依然として無言だった。

真代は、だんだん腹が立ってきた。こちらが、こんなに心配しているのに――

「何かいいなさい！」

と、思わず、真代は怒鳴った。

とたんに、電話は切れてしまった。

「バカ！」

と、小さく叫んだとき、また電話が鳴った。

真代は、反射的に受話器を取ったが、今度は、わざと黙っていた。

「――――」

「すぐ逃げろ」

と、突然、男の声がいった。

「え？」

と、聞き返したときには、もう、電話は切れてしまっていた。

（すぐ、逃げろですって？）

なぜ、私が、逃げなければならないのだろう？

それに、今の男の声は、田宮だったのだろうか？　田宮の声のような気もするし、違うような気もする。

一瞬の言葉だったから、判断がしにくい。

逃げろというのは、真代も、警察に疑われているから、逃げろというのだろうか？

真代は、外出の支度を始めた。電話の声のせいではなかった。

このマンションにじっとしていても、田宮は、見つかりそうもなかったからである。

自分が留守の間に、田宮が、帰った場合のことを考えて、真代は、メモを残しておくことにした。

〈あなたを探しに、市内に行って来ます。もし帰ったら、じっと家にいてください。

一時間おきに電話します。

田宮様　　　　　　　　　　　　　　　　　　真代〉

そう書いて、出かけようとしてから、真代は、あのメモはどうしたのだろうかと、急に思い出した。

田宮が、置き手紙をしていった、あのメモである。「考えてみたが、やはり、あいつと、話をつける」と、田宮が書いたメモのことだった。

あれは、テーブルの上にあった。

それを見て、真代は、大変だと思って、飛び出したのだ。

あのとき、メモは、どうしたろう？

今、テーブルの上には、何もないから、持って出かけたのだろうか？

しかし、ハンドバッグを引っくり返しても、メモは、出て来なかった。

（丸めて、捨ててしまったのだろうか？）

いや、そんなことをするはずがない。

大事な田宮が、メモしていったものなのだ。無意識にでも捨てたりするはずがない。

しかし、いくら探しても、そのメモは見つからなかった。

（どうしたのだろう？）

と、首をかしげながら、真代は、マンションを出た。

タクシーに乗らずに、地下鉄で札幌駅に向かった。

田宮がまだ札幌にいるのなら、彼だって事件が、どうなって行くのか、心配のはずである。

きっと、Nホテルの近くまで来て、様子を窺《うかが》うのではないか。

あるいは、田宮はるみと一緒にいた男を、探すのではないか？

真代も、あの男を見つけたいと、思っていた。だが、どこへ行けば、あの男がいるのか、わからなかった。

真代は、地下鉄を降りると、Nホテルに向かって、歩いて行った。

昨日入った、ホテルの前の喫茶店のドアを開けた。

窓際のテーブルに腰を下ろして、アイスコーヒーを飲みながら、ホテルの入口のあたりを見ていた。

もし、田宮が現われたら、なんとしてでも、つかまえなければならない。そう思って、見ていたのだが、

（あら？）

と、眼を大きくしたのは、あの男が姿を見せたからだった。

定山渓で会い、昨日は、あのホテルのロビーで、田宮はるみと話し込んでいた男である。

真代は、思わず腰を浮かし、コーヒー代を払うと、店を出た。

あの男は、もうホテルに入ってしまっている。

真代は、通りを突っ切り、Nホテルのロビーに入って行った。

男は、フロントと話をしている。真代は、ロビーの隅から、彼の様子を見つめた。

エレベーターから、突然、屈強な男が二人おりて来た。

二人が、真っ直ぐ、フロントのところへ行ったところを見ると、フロントが呼んだのだろう。

(刑事みたいだわ)

と、真代は思った。確信はなかったが、そんな気がしたのだ。

昨日の今日だから、田宮はるみが殺されていた五一六号室で、事件を検討していた刑事ではないのか。

二人は、あの男と簡単なあいさつを交わしてから、男をロビーの隅に連れて行った。

真代が見ていると、二人は、しきりに何か、男に質問していた。そのうちに、二人の片方が地図を取り出して、男がその地図を指さしている。

ロビーには、有名店の出店があって、ネクタイなどの小物や、パールのような装身具を、売っていた。

真代は、サングラスをかけ、その店のショーケースを見ているような格好をしながら、彼らのほうへ近づいて行った。

男たちの会話が、少しずつ耳に聞こえて来た。

「このホテルに、間違いなく、田宮と連れの女が、泊まっていたんですね？」

と、二人の男の片方が、質問している。

例の男は、神妙な顔で、

「そうですよ。ホテル『鹿の湯』です」

と、答えている。

「『鹿の湯』ねえ。他に、何か覚えていることは、ありませんかね」

「僕と奥さんが、タクシーで定山渓へ調べに行ったとき、若い女が、同じくタクシーに乗って、私たちをつけて来ていましたね」

と例の男が、答えている。

（あのときだわ）

と、真代は思った。

田宮はるみとあの男が、タクシーで定山渓へ向かったとき、真代は、その後をつけた。

男は、真代が、尾行しているのに気づいていたのだ。

真代は、少しずつ後ずさりした。

二人の男は、間違いなく刑事だろう。男は、田宮と真代の動きを、刑事たちに説明しているのだ。

少し離れてから真代は、今度は、ゆっくりとロビーをよこぎって、ホテルを出て行った。

(危ないところだったわ)

と、外に出て、真代は、大きく息をついた。

このままでいけば、間違いなく、田宮と真代は、犯人にされてしまうに決まっている。

(それにしても、田宮は、いったい、どこにいるんだろうか)

と、歩きながら考えた。

(まさか――)

田宮が、話をつけようとして、あのNホテルに行き、妻のはるみと口論になって、かっとして殺してしまった。

そこまでは、想像していたのだが、田宮がなかなか見つからないと、ひょっとして、彼が自殺してしまったのではないか、と思えて来た。

まさか——と思うのだが、田宮は、かっとして突っ走ってしまうところがある。思わず殺してしまったが、冷静になってから、とんでもないことをしてしまったという恐怖から、自ら命を絶ってしまったのではないのか。

無言の電話をして来たのは、やはり田宮で、「早く逃げろ」といったのは、真代に対して、巻き添えになるなと、注意したのではないのだろうか？

そのあと、田宮が、山の中にでも入って、自殺してしまったら、いくら探しても見つかりはしない。

考えてみれば、この北海道は、広大で、他人に知られずに死んでいける場所、死ぬのに魅力的な場所は、いくらでもある。

神秘的な摩周湖《ましゅうこ》に、身を投じてもいいし、知床《しれとこ》の原生林の中に消えるのも、ロマンチックだ。

（まさか——）

と、思っても、自殺したのではないかと考え始めると、自殺した可能性が、やたらに大きく見えてくるのだ。

(私だって、人殺しをしてしまったら、自殺しようと思うかもしれない——)

とも、真代は思うのだ。

しかし、自殺してしまったのか、自殺しようとしているのだとしても、いったい、この広い北海道の何処を探したらいいのだろうか?

迷いながら、真代の足は、自然に札幌駅に向かっていた。

駅に行けば、そこから北海道の何処へでも行けるという気持ちがあるからかもしれなかった。

駅に着き、コンコースに入って行くと、今日も、観光客の姿が多い。若いカップルが目立つのは、今が、夏だからだろう。

改札口のところの時刻表を見上げると、この札幌から、さまざまな場所に、列車が向かっていることがわかる。

特急「北斗」に乗れば、四時間少しで、函館に着く。

特急「オホーツク」なら、五時間半足らずで、網走《あばしり》まで行けるのだ。

特急「おおぞら」に乗ってしまえば、同じく約四時間半で、釧路《くしろ》まで逃げられる。

田宮も、妻のはるみを殺したあと、ここへ来て、じっと時刻表を見上げていたのだろうか?

しばらく、改札口のところに立っていた真代が、もう一度、念のために、マンションに電話をかけてみようとして、歩き出したとき、二人の男が、真っ直ぐ彼女に向かって歩いて来たのが見えた。

（あの男たちだ）

と、思い、真代は、とっさに早足になった。

Nホテルのロビーでみた二人の男である。

彼等も足早になって、真代の傍に来ると、両側から挟むような体勢になり、一人が、

「市川真代さんですね？」

と、声をかけた。

有無《うむ》をいわせぬ、押しつけるようないい方だった。

「違います！」

と、真代は、とっさに首を横に振った。

もう一人の男が、厳しい顔で、

「嘘をいっちゃ困るな。とにかく、聞きたいことがあるから、われわれと一緒に来てください」

「来たほうが、いいですよ」

と、一人は、黒い警察手帳を取り出して、真代に見せた。

「何の用か、いってください」

と、真代は青い顔でいった。

「殺人事件の参考人だよ」

と、若いほうの刑事がいった。

第三章　疑惑

1

真代は、中央警察署へ、連れて行かれた。

小柄だが、眼つきの鋭い三浦という警部が、真代の訊問に当たった。

口調も、乱暴だった。

「田宮を、どこに隠したんだ？」

と、いきなりきいた。

「田宮って、誰のことですか？」

真代が、しらばくれてきき返すと、三浦は、眉をぴくつかせて、

「田宮といえば、君と同棲《どうせい》してた田宮のことだよ。どこへ逃げたんだ？」

「知りませんわ」

「いいか、君は、田宮とこの北海道へ逃げて来た。どこのマンションを借りて住んでいたかも、わかってるんだよ。田宮の奥さんが、旦那を連れ戻そうと、北海道までやって来た。田宮は、ホテルで会ったが、別れ話を切り出して断わられ、かっとして、殺してしまったんだよ。それとも君が殺したのか？　田宮を、自分のものにしようと思ってだ」

「あたしは、誰も殺してませんわ」

「君じゃなければ、殺したのは、田宮ということになる。他に、動機を持っている人間はいないんだ。田宮をかばってると、君を犯人として起訴するぞ」

三浦は、脅かすようにいった。

真代が、何をいっていいのかわからなくなって、黙っていると、若い刑事がやって来て、三浦の耳元で、何か囁《ささや》いて、出て行った。

真代を、連行した二人の刑事のうちの一人だった。

三浦は、改めて、真代を見直してから、

「君は、あのホテルに入って行って、被害者の様子を窺《うかが》っていたようだな。殺すチャンスを、狙っていたんじゃないのか？」

と、いった。

「知りませんわ」

と、真代はいった。

「君が、ホテルのロビーの隅で、被害者の様子を窺っていたことは、目撃者がいるんだよ。どうも、田宮より、君が殺した可能性が強くなって来たねえ」

「あたしは、殺していませんわ」

真代は、青い顔でいった。

「しかし、あのホテルには、行ったんだろう？　何のために行ったんだ？」

「偶然ですわ。偶然、行っただけですわ」

「偶然だって？」

三浦は、バカにしたように、ニヤッと笑った。

真代は、むきになって、

「ホテルのロビーなんて、誰が入ってもいいもんでしょう？」

「では、あのホテルに行ったことは、認めるんだな？」

「ええ」

「なぜ、行ったんだ？」

「歩いていたら、疲れたんで、あのホテルのロビーで休んでいたんですわ。ホテルは、きれいだし、ただで休んでいても、何もいわれませんもの」

「そうしたら、たまたま同じロビーに、被害者がいたというわけかね？」

「彼女がいたことなんか、知りませんでしたわ」

「嘘をついちゃいかんね。君がじっと、被害者を見つめていたことは、ホテルの従業員が見ているんだよ。なぜ、あんなに熱心に見ているのか、気味が悪かったと、証言しているんだ」

「知りませんわ。そんなこと」

「そんな嘘は、通用せんよ」

と、三浦は、バカにしたようにいってから、手帳を取り出して、眼を通してから、

「石本功を知っているね？」

と、突然いった。

真代は、不意をつかれて、首を横に振ったものの、顔色は、変わっていたらしい。

「やっぱり、知っているんだね」

と、三浦はひとりで肯《うなず》いて、

「北海道に着いた列車の中で、石本功は、殺されていた。田宮が殺したのか？それ

とも君が殺したのかね？」

「知りませんわ。そんな男のことなんか」

「また、知りませんか。もっと、ましないい方はできないのかね？　石本功は、田宮の奥さんに頼まれて、君と田宮の行方を探していたんだよ。見つかった君たちは、石本を殺した。そうなんだろう？」

「何のことか、わかりませんけど」

と真代はいった。他に、何をいえばいいのか。

案の定、三浦の眼が険しくなった。

「しぶとい女だね」

と、三浦は、舌打ちしてから、

「石本は、十五日の夜、札幌に着いた『北斗13号』の車内で殺されていた。彼は、東京の男で、北海道に知り合いはいない。つまり、君と田宮以外に、彼を殺す人間は、この北海道には、いないということだよ」

「あたしも田宮も、関係ありませんわ」

「じゃあ、十五日の夜は、どこにいたんだ？」

「十五日の夜なら、中島公園にいましたわ。お祭りで、夜店が出ていたので見ていたんです」

「一人でかね？」

「田宮と一緒ですわ。だから、あたしも田宮も、その石本という人が殺されたことは、関係ありませんわ」

「十五日の何時から何時まで、中島公園の夜店を見ていたんだ？」

「夕方の六時頃から行って、十時頃まででですわ」

「そのあとは？」

「円山公園のマンションに帰りましたわ」

と、真代はいった。

「六時から十時まで、四時間も、中島公園を歩き廻っていたのかね？」

「中島公園から、地下街で、ショッピングをしたり、喫茶店で、お茶を飲んだりしたんです。第一、何時間どこを歩いていようと、あたしたちの勝手じゃありませんか」

「ところが、その時刻に、君たちに関係のある人間が殺されていたとなると、勝手じゃすまなくなるんだよ。午後六時頃から、中島公園にいたことを証明できるのかね？」

「証明？」

「中島公園で、知り合いに会って、話をしたとか、何か、時間を証明するようなものを見たといったことだよ」

「あたしも田宮も、北海道に、知り合いはいませんわ」

「それじゃあ、証明は出来ないんだろう？」

「でも……」

「でも、なんだね？」

「中島公園で、彼を見ましたわ」

「彼って、誰のことだ？　今、知り合いはいないといったはずじゃないか？」

「石本って人を見たんです」

と、真代は、思い切っていった。それが、自分や田宮にとって、有利になるかどうか、わからなかったが。

「石本を見た？」

「ええ」

「しかし、石本なんて男は、知らないって、いってたじゃないか」

「名前は知らなかったんです。でも、彼は中島公園にいましたわ」

「石本は、そこで、何をしていたんだ？」

「あたしたちを、じっと監視していたんです。だから、田宮は、きっと奥さんに頼まれて、あたしたちを探しに来た私立探偵か何かじゃないのかって、いっていたんです」

「それは、何時頃なんだ？」

「七時から七時半の間です」

「嘘をいっちゃ困るな。石本功は、午後五時すぎに、函館を出た『北斗13号』の車内で殺されていたんだ。午後七時頃に、中島公園にいるはずがないんだ。妙な嘘をいって、ごまかそうとしても、駄目だよ。十五日は、君か田宮が、『北斗13号』に乗って、石本を殺したんだろう？　正直にいうんだ。そして、次には田宮の奥さんも殺したんだ」

「とんでもありません。あたしも田宮も、誰も殺してません」

「じゃあ、なぜ、田宮は姿を消してるんだ？　なぜ、逃げ廻ってるんだ？」

三浦は、じろりと、真代を睨《にら》んだ。

「知りませんわ」

「おい、おい。手を取り合って、北海道へ逃げて来た仲なのに、男が今、どこにいるのかも知らんのかね？　とすると、君は、田宮に捨てられたのか？」

と、三浦がいった。

自分を怒らせようとしていったことだと、彼女にもよくわかっていたのだが、それでも顔が、こわばるのがわかった。

「知らないものは、知りませんわ」

と、真代はいった。

三浦は、笑って、

「すると、やはり田宮は、君を捨てて逃げたんだよ。二つの殺人の罪を、共犯の君一人に押しつけてだよ」

「あたしも田宮も、人を殺してませんわ」

「証明はできんのだろう？」

「できませんけど、あたしたちが殺したという証拠があるんですか？」

と、真代はきいた。

「今度は、開き直りかね？　いいか、二つの殺人で、動機の持ち主は、この広い北海道で、君と田宮しかいないんだ。これだけだって、君たちを逮捕できるんだ。それに、アリバイもない」

「十五日の夜なら、中島公園にいましたわ」

「それは、証明できないんだろうが」

「地下街へ行って、ウインドーショッピングをして、それから、お茶を飲みましたわ」

「それを証明できるのかね？」

「喫茶店の名前は、覚えていますわ」

と、真代はいった。

「何という店だね？」

「イエスタデイ」

「イエスタデイね。どこにある店なんだ？」

「駅の近くですわ」

「地下街じゃないのか？」

「外へ出てから、入ったんです」

「そこに、何時までいたんだ？」

「八時半頃から、一時間くらいですわ」

「それを証明できるのかね？」

「証明、証明って、いちいち証明するために、コーヒーを飲んでるわけじゃありませんわ」

　真代は、声をふるわせた。

　しかし、三浦は、そんな真代の抗議には、平気な顔で、

「証明できないんじゃあ、何にもならんね。こちらとしては、でたらめをいってると
みるしか、仕方がないね」

　と、冷たくいった。

「行ってなければ、名前を知ってるはずがないでしょう？」

「君は、札幌へ来て、何日になるんだ？」

「約三週間です」

「半月以上もたっていれば、駅前に、何という喫茶店があるぐらいのことは、知って
いて当然なんだよ。十五日ではなく、その前に、二人で行った店かもしれんしね」

　と、三浦はいった。

2

　その夜、真代は中央警察署に留置された。

一日だけ留置されるのかどうか、わからなかった。

三浦という警部は、田宮と真代が共犯で、石本功と田宮はるみを殺したと信じているようだから、このまま、殺人容疑で送検されるかもしれない。

真代は、考え込んでしまった。

田宮は、どこへ行ってしまったのだろうか?

「逃げろ」と、真代に電話して来た男の声は、田宮だったのか?

もし、田宮だったとすると、どういうことになるのだろうか?

あのホテルに、田宮はるみの様子を見に入って、外へ出ると、待っているはずの田宮の姿がなかった。

あれ以来、田宮を見ていないのだ。

田宮は、そのあとマンションに戻ったらしく、

〈考えてみたが、やはり、あいつと、話をつける〉

という置き手紙を残して、いなくなった。

真代は、あわてて、もう一度ホテルへ行ったが、そのときは、もう、田宮はるみは殺されたあとだった。

田宮は、話をつけにホテルへ行って、その話がこじれて、妻のはるみを殺してしま

ったのだろうか？

違うと思いたいのだが、三浦警部もいったとおり、この北海道には、田宮以外に彼女を殺す人間がいるとは思えなかった。

もし、彼が殺したとしても、真代は、かえって彼の愛が確かめられた気分がして、嬉しかった。自分が共犯にされても、怖くはないとも思う。

翌朝、また取調室に呼び出された。

ほとんど眠っていないので、真代は、眼が痛かった。おそらく、朱《あか》く充血した眼をしているだろう。

「田宮の行き先をいう気になったかね？」

と、三浦がきいた。

「知りません。本当に知らないんです」

「君は、自分の立場がよくわかっていないようだね」

と、三浦が、脅かすようないい方をした。

「いいか、君は、あのホテルの五一六号にいたところを、ルーム係に見られているんだ。しかも、そのとき、部屋の中では田宮はるみが、血まみれで殺されていたんだ。君は、救急車を呼んでと大声でいい、ルーム係が、電話しに走った隙に逃げている。

違うかね？」

「そのとおりですけど、殺したのは、あたしじゃありませんわ」

真代は、必死にいった。

「それなら、田宮が殺したんだろう。多分、君たちが、二人で殺し、君が、逃げおくれたところを、ルーム係に見つかった。そうなんじゃないのかね？　田宮が主犯で、君は、その共犯だったんだろう？」

「違います」

「いくら否定しても、これだけの証拠が揃ってるんだよ。田宮の居所をいって、仏さんの供養をしたらどうだね？」

「知らないものは、知らないんです」

と、真代はいくらかヒステリックにいった。

3

三浦は、取調室を出ると、東京に電話をかけた。

捜査の協力要請をしている警視庁の十津川警部にだった。

「市川真代という女のことを、調べてもらいたいのですよ」

と、三浦はいった。

「田宮と北海道へ逃げた女ですね」

「そうです。田宮はるみが、札幌市内のホテルで殺されました。もう、ニュースでご存じと思いますが」

「新聞に出ていたので、知っています。犯人は、田宮と市川真代ですか？」

「殺された部屋から、市川真代は逃げたのを目撃されています。現在、彼女を留置していますが、本人は、関係ないといっていますよ」

「道警としては、どう見ているんですか？　彼女が、田宮はるみを殺したと考えておられるんですか？」

「田宮が、現在、逃げているので、何ともいえません。彼女が関係しているとしても、共犯だと、私は思っているんですよ」

「あくまでも、田宮が主犯ですか？」

「そうです。田宮はるみは、後頭部を強打されて殺されています。それに、特急『北斗13号』の中で殺された石本功という男のこともあります」

「同じ犯人というお考えですか？」

と、十津川がきいた。

「そう思っています。そちらの協力のおかげで、石本が、五百万円の成功報酬ということで、北海道へ来ていたことがわかりました。田宮はるみに頼まれ、逃げた夫の田宮と市川真代を、探していたんだと思います」

「なるほど」

「五百万円は、見つけるための報酬だと思いますね」

「そうでしょうね」

「見つけられた田宮は、列車の中で、石本功を殺し、田宮はるみをも殺したんだと思いますね。石本は、刃物で刺されて殺されたんです。女の犯行とは、ちょっと考えられません。男の犯行ですよ。だから、田宮がやったと思っています。彼女は、その共犯でしょう」

「なるほど」

「それで、田宮という男のこと、市川真代との関係などを、至急、調べていただきたいのです」

と、三浦はいった。

電話を切ると、三浦は、捜査本部長の木崎《きざき》刑事部長に市川真代のことを報告した。

「状況証拠は、すべてクロであることを示しています。主犯は、逃げている田宮でしょうが、市川真代が無関係とは、とうてい思えませんね」

「石本功についても、同じかね？」

　と、木崎本部長がきいた。

「おそらく、石本を殺したのも、田宮だと思いますね。しかし、今は、田宮はるみ殺しについてだけ、状況証拠が揃っているので、逮捕したいと思っています」

「市川真代は、自供したのかね？」

「いや、まだ否定しています。主犯の田宮が捕まっていないからでしょう。現場のホテルの部屋で、ルーム係に目撃されているのに、殺していないといい張っています」

「彼女は、田宮の行き先を知っていると思うかね？」

「私は、知っていると思っていますが、あるいは、田宮が自分の安全だけを考えて、彼女を捨てて、逃げた可能性もあります。この場合はすでに、北海道を出ているかもしれません」

「では、田宮の逮捕令状も、必要だな？」

「お願いします。田宮を指名手配したいと思っています」

「彼が逃げそうな場所は、手配したのかね？」

「北海道内は、していきます。田宮と市川真代は、定山渓温泉に行っていたことがありますから、片山《かたやま》刑事をやっています。田宮は、かなりの金を持っていると思われますので、道内の温泉地などを転々としている可能性が強いと、思っているのです」

「では、令状が出たら、田宮の指名手配をしよう」

と、本部長はいった。

「お願いします」

と、三浦はいった。

4

東京では、十津川たちが道警の要請を受けて、田宮夫婦と市川真代のことを、調べることにした。

亀井と十津川の二人は、まず市川真代が住んでいた練馬区石神井《しやくじい》のアパートへ出かけた。

石神井公園近くの二階建てのアパートである。

六畳に、小さな台所と、トイレがついた部屋だった。

今月いっぱいの部屋代が払ってあるということだったが、部屋の中は、きちんと整理されていて、覚悟の上の北海道行きだったことを示していた。

押入れには、アルバムが二冊あったが、田宮と一緒に写したと思われる写真は、一枚もなかった。ところどころ、剝《は》がされている箇所があるから、真代自身が、北海道へ行くとき、持って出たのだろう。

「典型的な不倫かねえ」

十津川は、片付けられた部屋の中を見廻しながら、呟いた。

「こういうことになると、女のほうが強いし、決断力もありますね。この市川真代にしても、さっさと勤め先をやめ、部屋を整理して、先に札幌に行って、男が来るのを待っていたようですからね」

と、亀井は感心したようにいう。

「男のほうは、あとから、のこのこ、札幌に行ったということか」

「田宮のほうは、確か四十歳でしょう？」

「私と同じ年なんだよ」

「不惑《ふわく》といわれながら、実際には、いちばん惑う年齢だという人もいますが、警部も、そう思われますか？」

と、亀井がきいた。

「そうだねえ。今は、人生八十年時代だろう。とすると、ちょうど半分だ。おれの一生は、これでいいのだろうかと考えるんじゃないかね。私は、幸か不幸か、事件に追われて反省する時間がなかったがねえ。もし、反省したとしても、他の仕事にかわる気もなかったろうが」

と、十津川はいった。

「この部屋の様子から見ると、女のほうが、一途《いちず》だったように見えますね」

「まだ二十代だろう。失うものは、ほとんどなかったんじゃないかね。男のほうは四十歳で、逃避行によって失うものが、たくさんあったんじゃないかな」

十津川は、同情するようにいった。

結局、市川真代のアパートでは、女の覚悟を見せつけられただけで、二人は次の田宮家へ向かった。

こちらは、等々力《とどろき》に広大な敷地を持つ豪邸だった。

田宮は、中央興産という中堅の商事会社の営業課長である。課長といっても、せいぜい月給は、四十万くらいのものだろう。年収にしても、七、八百万円か。

そのくらいの年収で、こんな一等地に、広大な邸を持てるはずがない。

妻のはるみが重役の娘で、しかも、資産家の娘のせいだろうと、十津川も思った。

「今、この広い家には、誰がいるんですかね？」

亀井は、門の前に立って、首をかしげた。

「そうだな。田宮夫婦の間に、子供はいないということだからね。田宮は、北海道で、行方をくらませてしまったし、奥さんは、札幌で殺されているからね」

と、十津川もいった。

門の脇には、「田宮」の表札がかかっている。

インターホンを鳴らして、来意を告げると、女の声がして門が開いた。
二十五、六歳の若い女だった。
女は、二人を広い応接室に招じ入れた。

（この女は、田宮夫婦とは、どんな関係なのだろうか？）

と、十津川は思いながら、

「田宮はるみさんが、札幌で、殺されたことはご存じですか？」

と、きいた。

「ええ。伯母が、向こうの警察のほうから連絡されて、あわてて飛んで行きましたわ」

と、女はいう。

「伯母さんというのは、田宮はるみさんのお母さんのことですね？」

「はい」

「すると、あなたは？」

「私の父がはるみさんのお母さんの弟ですけど」

と、彼女はいい、原田《はらだ》みどりと、名前をいった。

「それで、なぜ、ここにいらっしゃるんですか？」

と、十津川はきいた。

みどりは、邪気のない笑顔を見せて、

「留守番ですわ。誰もいなくなって、不用心なので、ここに寝泊まりしているんです。少し怖いですけど」

「田宮はるみさんのことを、よくご存じですね？」

「ええ。よく知っていますわ」

「どんな女性ですか？」

「頭がよくて、美人で、ただ、ちょっと気が強くて――」

と、原田みどりはいった。

「ご主人の田宮さんのほうは、どうですか？」

「いい人ですわ。優しくて」

「しかし、奥さんを殺していますよ」

と、亀井がいった。

「何かの間違いじゃないかと、私は思っているんですけど」

「というと、犯人じゃないというわけですか？」

「ええ。田宮さんは、今もいったように、優しい人で、人殺しなんかできないと思いますわ」

「しかし、追いつめられていたんではありませんかねえ。北海道まで逃げたのに、奥さんに追いかけられ、かっとして、殺してしまったということは、十分に考えられますよ」

と、亀井がいった。

みどりは、首を横に振った。

「それは、違いますわ」

「どう違うんです？」

十津川が、興味を持ってきいた。

「田宮さんは、市川真代という女の人に引きずられて、あとに引けなくなって、北海道へ行ったんですわ」

「仕方なくですか？」

「ええ。本当は、家へ帰りたくなっていたと思いますわ。だから、田宮さんが、はるみさんを殺すはずがないんです」

「証拠がありますか？」

「ありますわ」

と、みどりがいった。

十津川は、びっくりした顔で、

「どんな証拠ですか？」

「田宮さんから、電話がかかったんです。そのときに、田宮さんは、こっちへ来て、後悔している。東京へ戻って、はるみさんとやり直したいといったんです」

「それは、いつのことですか？」

「三日前ですわ」

「というと、はるみさんが殺される前日ですね？」

「ええ」

「電話があったという証拠はないんでしょう?」

「それがあるんです」

「ある?」

十津川は、また、びっくりした。

「ええ。電話を録音したんですわ」

みどりは、ちょっと得意そうにいった。

「いつも、電話を録音しているんですか?」

と、きくと、みどりは笑って、

「そんなことはありませんわ。田宮さんが失踪してから、はるみさんが、いつ、田宮さんから電話が入るかわからないからといって、電話機にテープレコーダーをつないで、電話が入ると、自動的にテープが廻るようにしてあったんです。私も忘れてたんですけど、それに田宮さんの声が録音されたんですわ」

「ぜひ、それを聞かせてくれませんか」

と、十津川は頼んだ。

みどりは、応接室の隅におかれた電話機から、テープレコーダーを外して持って来た。

それに、録音されていたのは、次のような会話だった。女の声は、みどりである。

みどり——もしもし、田宮ですけど。
田宮——みどりさんかい。
みどり——あ、おじさま？
田宮——そうだ。家内はいるのかい。
みどり——おじさまが、北海道にいるらしいというので、行ってしまったわ。今、おじさまは、どこ？　北海道？
田宮——まあ、そうなんだがね。実は、後悔しているんだよ。といって、今さら、おめおめと戻れないが。
みどり——そんなことはないわ。はるみさんだって、おじさまが、帰って来てくればって、いっていたし。
田宮——そうかね。
みどり——ええ。はるみさんは、今でもおじさまを愛してるわ。
田宮——そうか。
みどり——なぜ、すぐ帰っていらっしゃれないの？

田宮――あの女のことがあるからねえ。
みどり――市川さんという女の人のこと？
田宮――そうだ。おれのために、一緒に来てくれた女だからね。嫌になったって、簡単に捨てられないんだ。
みどり――でも、若い人なんでしょう？　それなら、一時的に傷ついても、すぐ、立ち直ると思うわ。
田宮――だが、彼女は、人一倍、自尊心の強い女でね。負けるのが嫌いなんだ。家内がこっちに来ると、何をするかわからないな。
みどり――おじさま。はるみさんは、まだ、おじさまのことを愛してるわ。それをよく考えて、行動してね。市川という女の人とは別れてから、お金か何かで償《つぐな》いをしたらいいわ。
田宮――わかった。なんとかするよ。もし、家内からそっちに連絡があったら、おれの今の気持ちを、伝えておいてくれ。
みどり――はい。伝えておきます。
「それで、田宮の奥さんに、伝えたんですか？」

と、十津川がきいた。

「いいえ。はるみさんから、連絡が入らないうちに、あんなことになってしまったんです。だから、田宮さんが犯人のはずがないんです。はるみさんのところに、帰るつもりでいたんですもの」

みどりは、大きな眼でじっと十津川を見つめていった。信じてほしいという顔だった。

「奥さんの田宮はるみさんは、ご主人の田宮さんのことをどう思っていたんでしょうかね？　ご主人が帰って来たら、何も言わずに許す気でいたんですかね？」

と、これは、亀井がきいた。

「はるみさんは、一見、気が強そうに見えるんですけど、本当は、気が弱くて、優しい人です。だからこそ、必死になって、ご主人を探していたんですわ。そうでしょう？　もし、冷たい人なら、放っておきますものね」

「私立探偵をやとって、田宮さんと市川真代さんを探させたのは、やはり奥さんだったわけですか？」

と、十津川がきいた。

「はるみさんは、そういってましたけど」

「あなたは、市川真代という女性のことを、よく知っていますか？」

「いいえ。会ったことがないんです。はるみさんから、名前なんかは聞きましたけど」

「奥さんは、よく知っていたんでしょうね？」

と、十津川がきくと、みどりは、

「そりゃあ、ご主人の浮気の相手ですもの。知らなければ、かえっておかしいと思いますわ」

「田宮さんが、若い女性に恋してしまった理由は、何だったんですかね？　奥さんも美人だし、こんな広大な家もあって、いったい何が不満だったのかと、不思議な気がするんですがね」

亀井は、部屋の中を見廻して、みどりにきいた。

「正直にいって、私にはわかりませんわ。きっと、魔がさしたんだと思いますけど」

と、みどりはいった。

「奥さんは、どういっていました？」

「はるみさんも、魔がさしたんだといっていましたわ。だから、必ず主人は、目がさめるって」

「しかし、市川真代という女のことは、憎んでいたんじゃありませんか？」

「そりゃあ、仕方がありませんわ」

と、みどりはいった。

「札幌のホテルで、田宮はるみさんが殺されたあと、田宮さんから電話はありませんか？」

「ありませんわ」

「あなたは、田宮さんが奥さんを殺すはずはないと、いいましたね？」

「ええ。このテープでもわかるように、おじさまは、はるみさんのところへ、帰りたがっていたんですよ。それなのに、殺すはずがありませんわ」

「しかし、それなら、なぜ、彼は逃げ廻っているんですかね？ 出頭して来て、殺していないと、いえばいいと思いますが」

と、十津川はいった。

「それは今、出ていけば、必ず犯人として逮捕されてしまうと思っているからですわ。警察は、おじさまを犯人だと、決めつけているじゃありませんか」

みどりは、強い眼で、十津川を見た。

「もし、田宮さんが無実なら、必ずそれは証明されますよ。だから、彼から電話があったら、すぐ警察に出頭するようにいってください。逃げていればいるほど、疑いがかかりますからね」

「ええ。説得はしますけど——」

「殺された田宮はるみさんのことですが、重役の娘さんというのは、本当ですか？」

と、亀井がきいた。

「ええ。中央興産の部長さんのお嬢さんですわ」

「おうちは、資産家だとも聞きましたが？」

「ええ。大変なお金持ちなんです」

「この家も、はるみさんの両親が買って、贈ったものですか？」

「ええ」

「名義は、誰になっているんですか？　死んだ奥さんですか？　それとも、田宮さんですか？」

と、亀井がきくと、みどりは、当惑した顔になって、

「そういうことは、知りませんけど」

と、いった。

5

十津川と亀井は、電話を録音したテープを借りて、警視庁に戻った。

すぐ、道警の三浦警部に電話をかけて、わかったことを連絡した。

「その電話のテープに、大いに興味がありますね」

と、三浦はいった。

「送りますよ」

と、十津川がいうと、三浦は、

「なるべく早く聞きたいので、明日、そちらに行きます」

と、いう。

十津川は、お待ちしていますといってから、

「市川真代は、どうしています？　田宮の行き先や事件のことで、何か喋《しゃべ》りましたか？」

「いや、田宮の居場所は知らないし、自分は殺してないと、相変わらず主張していますよ」

「それでも殺人の共犯で、逮捕するわけでしょう？」

「それが、逮捕状が出ないので、明朝には、釈放しなければなりません」

と、三浦が悔しそうに、いった。

「それは、状況証拠しかないからですか？」

「それもあるでしょうが、何といっても、主犯と思われる田宮の行方が、わからないことがあると思っています。それで、市川真代を泳がせて、田宮の行方を探そうと思っているんですがね」

「今、話にでた原田みどりは、田宮は絶対に奥さんを殺していないといっていますが、それについては、どう思いますか？」

十津川がきくと、三浦は、

「とにかく、そちらにあるテープを聞いてから、判断します」

と、いった。

翌日、三浦警部は、札幌から朝の飛行機で、東京にやって来た。

羽田に、一〇時三五分着の全日空便で到着し、西本刑事が迎えに行き、車で警視庁に案内した。

「今朝、市川真代を釈放しました」

と、三浦は十津川にいった。

「尾行をつけてですか？」

「二人の刑事が、尾行に当たっています。これで田宮の行方がわかるといいんですが」

と、三浦はいった。

十津川は、田宮家から持って来たテープを三浦に、聞かせた。

三浦は、そのテープを三度も聞き直していた。

「これは、本当に、田宮の声なんでしょうか？」

と、三浦は首をかしげて、十津川にきいた。

「念のために、中央興産の人間に聞かせましたが、間違いなく、彼の声だといっていましたよ」

と、十津川はいった。

「それなら、間違いないでしょうが、どうも意外でしたね。こんな電話を、田宮がかけていたのは」

「田宮が、まったく、奥さんのところへ帰る意志がなかったと、思っていたわけですか？」

「そうです。というのは、田宮が連れ戻しに来た妻を殺したと、考えていましたからね」

「しかし、一時の感情で、若い女と逃げ出して何日か一緒にいるうちに、だんだん彼女が嫌になってくるということは、よくあるんじゃありませんかね。それに反して、奥さんのほうは、何といっても、何年も一緒にいたわけだから、気心も知れていますからね」

「なるほど。あり得ますね」

と、三浦は肯《うなず》いてから、

「そうだとすると、市川真代を釈放するんじゃなかったかもしれません。一緒に駈け落ちしたが、男は妻のもとに、帰りたがっている。おまけに、その奥さんが迎えに来たとなると、今度は、自分が捨てられてしまう。彼女さえいなければ、男は自分と一緒にいるんじゃないかと考えて、相手を殺した。考えられますね」

「市川真代が、主犯ということですね？」

「そうです。どうも、今度の事件は、男がやったことと思い込んでいたのが、まずかったと思います。市川真代は若いし、かなり大柄な女ですからね。鈍器で田宮はるみの後頭部を殴って、殺すぐらいのことは、できたと思います」

と、三浦はいった。

「これからどうします？」

と、十津川がきいた。

「このテープは、お借りして、かまいませんか？」

「いいですよ。これは、そちらの事件ですから」

「幸い市川真代は、尾行がついていますから、向こうに帰って、彼女の逮捕状を請求します。もちろん、殺人事件の容疑者としてです」

三浦は、その日の一五時一五分羽田発のＪＡＬ便に乗って、あわただしく札幌に帰って行った。

三浦の行動があまりにも忙しいので、十津川は、かえって心配になって来た。

「大丈夫かねえ」

と、十津川は、亀井の顔を見た。

「あのテープを信頼しきって、帰ったからですか？」

「そうだよ。確かにこのテープを信じれば、田宮は、奥さんの所へ帰りたがっていたんだから、彼女を殺すはずがないということができる。しかし、あれは、田宮のトリックだったのかもしれない。カメさんは、そうは思わないかね？」

「田宮が、前もって、自分は、妻のところへ帰りたいんだといっておいて、奥さんを殺したということですか？」

「そうだよ」

「それは、あまりないんじゃありませんか」

と、亀井がいう。

「なぜだい？」

「テープです。電話機に、テープレコーダーを接続したのは、殺された奥さんですよ。田宮がそのことを知っていたとは思えません。田宮の言葉が重要なのは、テープに録音されていたからです。テープレコーダーのことを知らなかった田宮が、これをトリックに使うとは思えません」

「なるほどね。確かに、それはカメさんのいうとおりだ」

と、十津川は肯いた。

田宮が妻のはるみを殺してから、自分の無実を主張し、その証拠として、その前日に東京へ電話し、留守番をしていた原田みどりに、妻のもとへ帰りたいと話したといっても、証拠がなければ、誰も信じまい。

田宮は、電話に、テープレコーダーが接続されているのを知らずに喋った。だから、これが嘘だということは、まずないだろうというわけである。

「すると、市川真代が、嫉妬に狂って、田宮はるみを殺したことになるのかな？」

「動機は、十分ですよ」

と、亀井はいった。

6

三浦警部は、一六時四〇分に、千歳空港に着いた。

捜査本部の置かれた中央警察署に戻ると、三浦は、本部長に、東京から持って来たテープを聞かせた。

「私はこれを聞いて、びっくりしました。田宮が市川真代にあきて、家に帰りたがっていたとすると、話が違って来ます」

と、三浦はいった。

「つまり、田宮が、妻のはるみを殺す必要はなくなるということだな」

と、本部長も、眼を光らせていった。

「そうなんです。妻が自分を探しに来てくれたのは、渡りに舟だったわけです。それなのに、殺すはずはないと思います」

「市川真代が、ひとりで田宮はるみを殺したか」

「そうです。市川真代の逮捕令状をとってください。田宮に、妻のはるみを殺す動機がないとすると、動機の持ち主は、たった一人しかいません。市川真代です」

「しかし、一つだけ、わからないことがあるんだがね」

と、本部長がいった。

「わかってます。田宮がシロなら、なぜ姿を隠しているかということでしょう？」

「そうだよ」

「それは、いろいろ考えられます。犯人だと思われているので、怖がって出て来ないのか、それとも、田宮はるみのように、殺されてしまっているのか」

「おい。まさか――」

「多分、前者だと思っています」

と、三浦は、ニッコリ笑っていった。

「市川真代には、確か、尾行がつけてあるはずだな？」

と、本部長が、確認するように、三浦にきいた。

「がっちり、マークしているはずです。彼女が、どこかで、田宮に会ってくれるといいんですが」

「市川真代が犯人としても、田宮の証言も必要だろう？」

「そうですね。札幌での彼女の行動をいちばんよく知っているのは、田宮だと思いますから」

と、三浦はいった。

「どうだね。三浦君。彼女をもう少し泳がせてみては」

「田宮を見つけるためにですか？」

「市川真代は、なんとかして、田宮と連絡を取ろうとするはずだ。彼を独占したくて、田宮の妻を殺したんだからね。それに、万一、田宮まで殺しているとしたら、彼女は、その現場に、もう一度行くんじゃないかね？」

「そうですね」

と、三浦は、しばらく考えていたが、

「あと二日、尾行を続けてみましょう。その間に、彼女は、田宮と会うかもしれませんし、殺人の証拠が、見つかるかもしれません。しかし、二日過ぎても動きがなければ、彼女を逮捕したいと思います」

と、いった。

その市川真代は、この日、円山公園近くのマンションに帰った。

二人の刑事が、交代で車の中から、このマンションを見張ることになった。

田宮が現われるかもしれないと思ったが、朝になっても、彼は姿を見せなかった。

午前八時に、市川真代がマンションから出て来た。

車の中で、菓子パンと牛乳で朝食をとっていた二人の刑事は、あわてて彼女に注目した。

「どこかへ出かけるらしい」

と、運転席の白石《しらいし》刑事が、隣りの森《もり》刑事にいった。

「おい。タクシーを拾ったぞ」

と、森がいった。

真代は、タクシーに乗った。白石はアクセルを踏み、そのタクシーをつけることにした。

タクシーは、札幌駅に向かっている。

「まさか、札幌駅から、列車に乗って逃げるんじゃあるまいね」

と、運転しながら、白石が呟いた。

森は、助手席で無線電話を使い、三浦警部に連絡を取っていた。

「まもなく、札幌駅です。彼女が列車に乗ったら、どうしますか？」

「君たちも、同じ列車に乗るんだ。その列車で、田宮と会うのかもしれんからな」

と、三浦がいった。

真代が乗ったタクシーが着いたのは、札幌駅ではなくて、駅の横にある「エスタビル」だった。

このビルの一階は、バスターミナルになっている。

真代は、タクシーを降りると、ビルの二階へ上がって行った。

二人の刑事も、車から降りて、彼女のあとに続いた。

二階は、バスの切符売場になっている。

真代は、観光バスの窓口に行き、切符を買った。

午前九時三〇分出発の観光バスの切符だった。

白石刑事が、同じ切符を二枚買っている間に、森が三浦に電話で連絡した。

「観光バスだって？」

と、三浦が大声を出した。

「そうです。大倉山シャンツェから、藻岩山《もいわやま》ロープウェイ、羊ケ丘展望台と廻る観光バスです。出発は、九時三〇分です」

「呑気だな」

と、三浦は電話の向こうで舌打ちしたが、

「ひょっとすると、このコースのどこかで、田宮に会う気なのかもしれない。しっかり見張っていろよ」

と、急に大声でいった

第四章　観光バスの客

1

真代には、観光バスに乗れば、田宮に会えるという自信はなかった。田宮が、どこへ消えたのか、わからないからである。まだ、札幌にいるのか、それとも、札幌の外へ出てしまったのかさえ、わかっていない。

ただ、田宮は、札幌へ来てから、「一度、観光バスに乗って、市内をひと廻りしてみたい。観光バスが、いちばん手っ取り早いからね」

と、何度かいっていた。

真代は、それを思い出したのである。

それだけだった。

といって、あてもなく、札幌の街をさまよう気にもなれなかったのだ。たとえ、田宮が見つからなくても、観光バスに乗っていれば、少しは、気が晴れるかもしれない。

幸い、朝からよく晴れている。

エスタビル一階のバスターミナルを、午前九時三〇分に発車する札幌市営の定期観光バスである。

ウィークデイだが、乗客は意外に多くて、空席は、五、六席しかなかった。

団体客ではないので、真代のように、ひとりで乗っている客もいれば、親子連れもあり、新婚らしい若いカップルもいた。

他の乗客に、あれこれと話しかけられたら困るなと思ったが、出発のときになっても、彼女の隣りの席には、誰も座らなかった。

二十二、三歳のバスガイドがついた。

バスターミナルを出て、すぐ、北海道神宮のアカシアの並木が見えた。

「この道はいつかきた道、ああ、そうだよ、アカシアの花が咲いているよ、と北原白《はく》秋《しゅう》がうたったのが、この札幌のアカシアの並木でございます」

と、ガイドが、やや甲高い声で説明する。

中年の観光客は、うん、うんと肯いているが、若い乗客は、さして感心したような様子は見せず、勝手にお喋りをしている。彼らにとって、北原白秋は、もはや遠い存在なのだろうか。

真代は、窓際の席で窓を開け、じっと景色を見つめていた。いや、景色を見ているのではなく、景色の中に、いつ現われるかもしれない田宮の姿を、探していたのである。

九時五〇分に、大倉山シャンツェに着き、ここで二十分の休憩になった。休憩といっても、有無をいわさぬ強引さで並ばされ、全員で記念写真を撮られてしまった。

その撮影がすむと、仮設のテーブルの上に、申込み用紙が並べられ、千円を払い、住所、氏名を記入すると、写真が郵送されてくるといわれた。

ほとんどの人が、申し込んでいたが、真代は、ひとりで、大倉山シャンツェの九十メートル級ジャンプ台のほうへ、石段を登って行った。

真代もスキーが好きで、このシャンツェのジャンプ競技を、よくテレビで見ていたが、雪のまったくないジャンプ台というのは、見なれていないせいか、異様な感じだった。

まるで、何かの記念塔のように見えた。それだけ、眼の前にそびえ立っている感じがするのだ。

頂上までは行く気にならず、時間もないので、真代は、ジャンプ台の麓《ふもと》の周囲をゆっくり歩き廻った。

ときどき、ひとりで、ぽつんと佇《たたず》んでいる男がいると、田宮ではないかと思い、はっとして、見直したりしたが、彼ではなかった。

二十分の休憩時間がなくなって、バスに戻るときになって、真代は、一人の男が自分のことを、ちらちら見ているのに気がついた。

バスが札幌駅を出発したとき、いちばんあとから、あわてて飛び込んで来た男であった。

年齢は、三十歳ぐらいだろうか。サングラスをかけ、見栄《みば》えのしない服装だったので、無視していたのだが、どうやら刑事らしいとわかった。

（私を尾行していれば、田宮を見つけられると思っているんだわ）

そんな思いの真代を乗せたバスは、大倉山シャンツェを出て、北一条通りに戻り、国道二三〇号線に入って、次の観光地である藻岩《もいわ》山に向かった。
十五、六分で、藻岩山に着いた。

藻岩山は、札幌の南西部にあって、高さ五三一メートルの山だが、この山頂から、市街が一望の下に見渡せ、冬は、市民のスキー場、夏は音楽祭、秋は紅葉で有名である。その原生林には、エゾシカや、キタキツネの姿を見ることができる。

真代がもらったパンフレットには、そんなことが書いてあった。

バスを降りたあとは、ロープウェイとリフトを乗りついで、山頂へ上がって行く。真代のような若い乗客は、リフトに簡単に乗れるのだが、中年の乗客のなかには、動くリフトに、うまく腰かけられなくて、四苦八苦している人がいて、真代には、おかしかった。

山頂の展望台では、三十分間の自由時間がある。

真代は、自分と田宮が、つかの間の運命を預けた札幌の街を見つめた。

真代は、東京タワーから、東京の街を見下ろしたことがあった。

札幌の街の中で、歩き廻っている分には、東京と同じだと思っていたのだが、こうして、上から見下ろすと、東京とは、ずいぶん違った街であることがわかった。

東京は、でこぼこした街なのに、この札幌は真っ平らなのだ。

高層建築のことではない。東京は、山や谷のある地形のところに、家が建てられた感じなのに、この札幌は、真っ平らな場所に、家を建てたことがよくわかる。

それは、北海道の広さなのだろう。

（田宮にもう一度、会えるのだろうか？）

バスの乗客たちも、ここへ着く頃になると、少しずつ打ち解けて来て、お互いに自己紹介したりし始めたが、真代は、その輪の中には入る気になれず、ひとりで離れた場所にいた。

ここでも、田宮の姿は見られなかった。

2

バスは、藻岩山観光道路を通って、羊ケ丘に向かった。

豊平川を渡って、しばらくして、羊ケ丘に着く。

ここは、クラーク像や、教会、それに地名にもなっている羊の放牧で有名だった。

ここで、昼食になった。

土産物店とレストランがあって、どちらも、札幌らしく、とんがり屋根になっている。

白い建物に赤い屋根が、いかにも北海道だった。

レストランの二階で、昼食である。

他のコースの観光バスの乗客も、ここで昼食になっているらしく、どかどかと団体が入ってくる。

乗車したときに配られた割引券を出すと、ジンギスカン料理が千三百円、幕の内弁当が千円である。

その前に、牧草地で遊んでいる二、三十頭の羊を見ていたこともあって、食欲もわかないので、真代は、ジンギスカン鍋はやめて、幕の内にした。

その代わりに、ビールを飲むことにした。

田宮もいっていたが、北海道で飲むビールは美味かった。多分、乾燥した気候のせいだろう。

真代が、窓際で食事をしていると、一人の女が、わざわざ幕の内弁当を持って、隣りの席に寄って来た。

三十歳前後で、同じバスに乗っている女だった。背は高いが、どこといって特徴のない女だった。

「ちょっといいかしら?」

と、声をかけて来て、真代が何もいわないうちに、隣りに腰を下ろしてしまった。

駄目だともいえず、黙っていると、その女は、

「私は、東京から来たの。名前は木元和子《きもとかずこ》。よろしく」

と、勝手に自己紹介した。

「こちらこそ、よろしく」

とだけ、真代はいった。名前をいう気にはなれなかったのだ。

木元和子と名乗った女は、箸《はし》を動かしながら、

「あなたも、東京から来たみたいに見えるけど？」

「いいえ」

と、真代は、首を振った。

肯《うなず》いたら、どんどん、こちらの気持ちの中に、入り込んでくるような気がしたからである。

「でも、てっきり、東京の人かと思ったんだけど——」

「違うんです。ごめんなさい」

といって、真代が立ち上がろうとしたとき、相手は、つぶやく調子で、

「東京の人なら、田宮さんのことを話そうかと思ったんだけど——」

と、いった。

「え？」

思わず、真代は小さく声をあげてしまった。

浮かした腰を元に戻して、改めて、相手の顔を見直した。

「田宮さんて、誰のことなんですか？」

「ひょっとすると、私たちの共通のお友だちじゃないかと思って。でも、あなたが、東京の人じゃないとすると――」

「本当は、東京の人間なんです」

と、真代はいった。

木元和子は、ニッコリ笑って、

「やっぱりね」

「田宮さんのことを、知ってるんですか？」

「その前に、こちらも確認しておきたいの。あなたの名前は？」

「真代です。市川真代」

「それで安心したわ。別の人だったら、大変だもの」

と、木元和子は笑った。

「それで、田宮さんは、今、どこにいるんです？」

真代が性急にきくと、和子は、手で押えるような格好をして、

「ここを出ましょうよ。向こうのテーブルで、変な男が、こちらをちらちら見てるわ」

「あの人、多分、刑事じゃないかと――」

「やっぱりね」

と、和子は肯き、

「ああ、おいしかった」

わざと大きな声でいい、先に立って、食堂を出て行った。

真代も、その後に続いた。

「あくまで、観光バスで、偶然、一緒になったふりをしていましょうよ」

と、階段をおりながら、和子が小声でいった。

「ええ」

「教会で結婚式があるそうだから、そちらへ行くわ」

と、和子はいった。

レストランの前に、可愛らしい教会がある。これも白い壁と赤い三角屋根の建物で、入口のところに、「挙式中」という掲示が出ている。

そのせいだろうか、バスで着いた観光客がその周《まわ》りに集まっていた。

中には、窓ガラス越しに、教会の中をのぞき込んでいるギャルもいる。

しばらくして、若いカップルが、教会から出て来た。

白いウェディングドレス姿の二十一、二歳の花嫁と、同じ年齢《とし》ぐらいの花婿である。花婿のほうは、窮屈そうに、蝶ネクタイを、いじっている。

教会の前での記念撮影が、始まった。

「きれいね」

と、和子がいった。

「田宮さんは、今、どこにいるんですか？」

と、真代はきいた。

「札幌の市内を動き廻っているから、今、どこにいるかわからないわ」

和子は、ゆっくりと、クラーク博士の像の方向に歩き出しながら、真代にいった。

「私に、伝言がありません？」

真代がきく。

「それがあるから、声をかけたのよ」

「どんな伝言ですか？」

「君を愛している。おれは、家内を殺してないが、警察に出頭しても信じてもらえないと思うので、姿を隠している。無実が証明されるようになったら、すぐ君に会いに行く。これが、田宮さんの伝言よ」

「なぜ、私が観光バスに乗っていると？」

「田宮さんは、こういっていたわ。彼女に観光バスに乗りたいといったことがあるので、ひょっとすると、おれを探しに乗るかもしれないって。だから、私はあなたの写真を持って、バスターミナルで、見張っていたの」

「やっぱり、田宮さんも、同じことを考えていてくれたんだわ」

それが、真代には嬉しかった。

それにしても、すぐ田宮に会いたい。

「どこへ行けば会えるんですか？」

と、真代はきいた。

3

二人は、牧場の柵《さく》のところまで、歩いた。

柵の向こうに、羊がかたまって、草を食べている。

「羊って、もっときれいかと思ったけど、ずいぶん、きたないのね」

と、和子がいった。

「それより、田宮さんに一刻も早く、会いたいの。会わせてください」

「会わせてあげたいわ。でも、今いったように、私にも、わからないの」

「じゃあ、どうしたら？」

「警察が、必死になって、田宮さんを探しているわ。それは、わかるでしょう？」

「ええ」

「今、捕まったら、弁明はできないわ。奥さんを殺す動機は、あり過ぎるんだもの。だから、私とあなたで、田宮さんの無実を証明してあげないと。そうすれば田宮さんも、青天白日の身になって、あなたと一緒になれるわ。怖い奥さんは、いないんだしね」

と、和子はいった。

真代だって、田宮の無実を証明してやりたい。

だが、そんなことができるのだろうか？

それに、この女は、田宮とどんな関係なんだろうか？

「なぜ、あなたは、田宮さんのために、こんなことをしてあげようと思っているんですか？」

と、真代はきいた。

和子は、周囲を見廻し、誰もいないのを見はからってから、ハンドバッグを開け、中から名刺を出して、真代に渡した。

〈弁護士　木元和子　新東京弁護士会所属〉

と印刷してあった。自宅と、法律事務所の住所、電話番号もある。

「本当に弁護士さんなんですか？」

真代は、びっくりして、相手の顔を見直した。

そう思って見れば、服の襟元に、弁護士会のバッジがついている。

「その名刺を差しあげるから、あとで、その事務所に電話してごらんなさい。私が本物かどうか、わかるわ」

「私は、別に疑っては――」

「いきなり声をかけられたら、誰だって相手を疑うわ。特にあなたのような立場だったら、疑うべきなのよ」

と、木元和子は、真顔でいった。

「なぜ、田宮さんのことを一緒に助けないかと、いうんですか？」

と、真代はきいた。

「いつだったか、田宮さんが私の事務所に、相談に見えたことがあるのよ。どうしても、奥さんと離婚したいといってね。おそらく、あなたのために、離婚したかったんだと思うわ。慰謝料は、いくら払ってもいいというので、私は、一度、奥さんと会って、話し合いに応じませんかといったわ」

「――――」

「私は努力してみたんだけど、奥さんがどんな条件を出されても、駄目だというので、うまくいかなかったわ。あれは、田宮さんに対する愛情じゃなくて、意地ね。あなたに対する憎しみもあるし――」

「ええ。わかります」

「最初は、正直にいって、私は田宮さんが、好きになれなかった。仕事だから、彼の代理人として、奥さんと交渉したけど、完全に男のわがままだと思ったわ。でも、あの奥さんと話していて、だんだん、田宮さんに同情するようになって来たわ。彼女は、聡明《そうめい》だけど、優しさというものがないもの」

「――――」

「昨日、突然、田宮さんから電話がかかったの。とにかく、札幌に来てくれというのよ。家内を殺したとして、警察に追われているから、助けてほしいって。びっくりしたけど、昨夜おそく、千歳へ飛んで来て、田宮さんに会い、くわしい話を聞いたわけよ。そして、あなたへの伝言も頼まれたの」

「それで、彼の無実を証明して下さるんですか？」

「努力すると約束したけど、一人では、心もとないわ。だから、あなたが、一緒に動いて下さると、助かるんだけど」

「もちろん、一緒にやらせてください」

と、真代はいった。

彼女一人で、どうしていいか途方にくれていたのだ。この弁護士のような味方がついてくれれば、田宮を助けられると思う。

「それなら、明日から、二人で協力しましょう」

と、和子はいった。

「明日からっていわずに、今日からでも、私はかまいませんわ」

「落ち着いて」

と、和子は、笑ってから、

「さっき、あなたは、乗客の中に、刑事がいるっていったでしょう」

「ええ。教会のところでも、あの男は、見張ってましたわ」

「私も、おそらく刑事だと思うわね。あなたの後を尾行していれば、田宮さんを捕まえられると思っているのよ」

「どうしたらいいんでしょう?」

「今は、警察に邪魔されたくないの」

「ええ」

「今日は、このまま、最後まで、バスに乗って行きましょう」

「はい」

「私は、札幌駅前のKホテルに、本名で泊まっています。あなたは、いったん自分のマンションにお帰りなさい。そして、私が本当の弁護士かどうか、確かめる」

「そんなことは――」

「いいこと。二人で協力するには、お互いの信頼が大事なの。だから、これは、やってくれないと困るの。そして、私が信頼できると思ったら、Kホテルに電話して来て。そのとき、これからのことを相談しましょう。どうすれば、田宮さんの無実が証明できるかをね」

「もうこんな観光バスに乗っている必要なんか、ありませんけど」

と真代がいうと、和子は、首を横に振って、

「そんなことをしたら、尾行している刑事に、これは、何かあったなと思われて、警戒されてしまうわ」

と、いった。

確かに、そのとおりだろう。今は、なんとしてでも、田宮の無実を証明してやらなければならないのだし、それは、結果的に、警察を出し抜くことになるのである。そんな動きをする人間を、警察が黙って見過ごすわけがない。

一三時一〇分に、観光バスは、羊ケ丘を出発した。

昼食をすませたあとということもあって、乗客の中には、背もたれに身体を預けて、うとうとする人が多かった。

真代も、眼を閉じていたが、興奮して、眠ることができなかった。

田宮には、ひょっとして、もう会えないのではないかという不安に、落ち込んでいたのが、弁護士の木元和子に会って、行く手に明かりが見えてきたような気がするか

らである。

バスは、野幌《のっぽろ》森林公園に入った。北海道らしい、広い森林である。

北海道開拓の村に着いた。

明治期の開拓農家や、旅館、それに、旧札幌駅の建物などが集められていて、犬山《いぬやま》の明治村に似ている。

木元和子は、他の乗客と一緒に、バスを降りて行ったが、真代はわざとバスに残った。彼女と、あまり親しそうにしているところを、刑事に見られたくなかったからである。和子のほうも、そうしたいと、いっていたのだ。

例の刑事としか見えない男は、真代が、バスに残ったので、自分も席に残り、眠ったふりをしている。

ときどき「――高校の皆さん、出発の時間ですから、バスに戻ってください！」といったマイクの声が、聞こえてくる。どうやら、この開拓の村は、中学や高校の社会科見学コースらしい。

一四時五〇分。

バスは、開拓の村を出発して、市内に戻ることになった。

バスガイドが「バスは、これから市内に戻り、お別れの時間が近づいて参りました」といい、札幌を唄った歌謡曲を唄ってくれた。

ほとんどの乗客が、疲れ切って、眠ってしまっていた。

西三丁目通りの時計台前で、バスが停まった。

ここで降りてもいいし、バスターミナルで降りてもいいと、いう。

真代は、ここで降りることにした。

他にも、何人かの乗客が降りた。

4

真代は、すぐ、タクシーをつかまえて、乗り込んだ。

あの男も、あわててタクシーをとめている。

(ご苦労さま)

と、思いながら、真代は、自宅のマンションに向かった。

マンションの前で、タクシーを降りた。うしろからついて来たタクシーも、とまるものと思っていたが、そのまま通り過ぎて行ってしまった。

(もう、尾行はやめたのかしら?)

と、思い、真代は、自分の部屋に入り、電気をつけた。

窓を開けて、道路を見下ろして、ああと思った。

ちゃんと、道路の向こう側に刑事らしい人間が、それも二人して、このマンションを監視しているのだ。だから、観光バスから、ずっと尾行して来た刑事は、安心して姿を消したのだろう。

真代は、窓を閉め、木元和子にもらった名刺を出して、受話器を取った。

名刺の電話番号を、ゆっくりと押した。

「山本法律事務所です」

という若い女の声が聞こえた。

「そちらにいる木元弁護士さんのことで」

「うちの木元先生なら、昨日、北海道へ行きました。何か、伝言があれば、お伝えしておきますよ」

「いえ、それはいいんですけど、弁護をお願いしたいので、どんな方かと思って」

と、真代はいった。

「女性弁護士ですが、頼りになる人ですよ。特に、女性の味方をもって任じておられる方ですから、安心してご相談になってください。二、三日すれば、帰京するはずですわ」

「ありがとう。また、電話します」

と、真代はいった。

やはり、本物の弁護士だったのだ。真代は、嬉しくなった。なんとか、田宮を助け出してくれるに違いない。真代は、改めて市内のKホテルに電話し、泊まり客のなかの木元和子さんにつないでくれといった。

「木元さまは、九〇二三号室です」

といってから、つないでくれた。

「もし、もし」

と、いう木元和子の声が、耳に聞こえた。落ち着いた、頼もしい声だった。

「真代です。観光バスで、名刺をもらった市川真代です」

「ええ。その声は覚えてるわ。私のことは、確認してくれた？」

「はい。電話で、確かめました」

「よかった。儀式めいているけど、こんな事件では、必要なの。お互いが、少しでも相手を信じていないと、うまくいかないから」

「はい。そのとおりだと思います」

「私のほうも、一つだけ、あなたに聞いておくけど、あなたも、田宮さんの奥さんを殺してないわね？」

「ええ。もちろん」

「よかったわ。ところで、あの刑事があなたを追いかけて、あわててバスを降りて行ったけど、尾行されたでしょうね？」

と、和子がきいた。

「ええ。タクシーに乗ったら、向こうもタクシーに乗って、このマンションまで尾行されましたわ」

「やっぱりね。それで、今は？」

「刑事らしい人が二人、マンションの前の道路に隠れて、こちらを見張っていますわ」

「多分、田宮さんが現われると思って、見張っているんだわ」

「私も、そう思いますわ」

「ご苦労さんだわ」

「これから、どうしたらいいんですか？」

「明日、このホテルに来てください。これからどうするか、相談しましょう」

「でも、私は監視されていますわ。私も容疑者の一人ですから」

「それなら、かえっていいわ。あなたが自分を守るために、弁護士の私を呼び寄せたことにすれば、私があなたと何を話していても、怪しまれないわ。あなたは、何かのことで、前から私のことを知っていたことにするといいわ、ね。そして、私が、田宮さんのことを知っていたことは、内緒。わかったわね？」

「はい、わかりました」

「私の名刺も、東京にいたときもらっていて、持っていたことにすればいいわ」

「はい」

と、真代は肯いた。

さすがに弁護士だと思った。てきぱきと、指示される。それが心地よかった。

5

その夜は、久しぶりに、ゆっくり眠ることができた。さわやかに目覚めると、支度をして、マンションを出た。

タクシーを拾った。

走り出すと車が一台尾行して来た。

刑事たちの乗った覆面パトカーだろう。

Ｋホテルでタクシーを降り、真代は、ロビーに入って行った。

フロントに名前をいい、木元和子さんに会いたいと告げると、しばらくして彼女が、エレベーターで、ロビーにおりて来た。

二人は、ロビーの端にある喫茶室で、話をすることにした。まだ時間が早いので、喫茶室に他の客の姿はない。

和子は、コーヒーを注文してから、小声で、

「ロビーに、お客さんが来たわ」

「お客？」

「刑事さん」

と、和子は笑った。

なるほど、二人の男がロビーに腰を下ろして、ときどきこちらを見ている。

「他に行きます？」

と、真代がきくと、和子は、

「まさか、隣りのテーブルに来たりはしないでしょう。それに、こそこそ逃げるの

は、私の性《しょう》に合わないの」

といって、笑った。

コーヒーが運ばれて来た。

それを飲みながら、和子は、

「田宮さんに聞いたんだけど、奥さんが頼んだと思われる人間は、二人いたんじゃないかと。そうなのかしら？」

と、真代にきいた。

「ええ。殺された石本功という私立探偵の他に、もう一人、私と田宮さんをつけていた人がいたんです。その男が、奥さんの泊まったホテルへ入って行くのを見たんです、私」

真代が、いった。

和子は、「その男――」と、いった。

「田宮さんの奥さんを、殺したのかもしれないわ」

「ええ。でも、動機がわかりませんわ。奥さんに、傭われていたのに、その依頼主を殺すでしょうか？」

「そうね。確かに動機はないかもしれないわね。他に、あなたや田宮さん、それに奥さんに接触して来た人間は、いないかしら？」

と、和子がきいた。

「私は知りません。その二人の男しか――」

真代は、正直にいった。

「それなら、可能性は出てくるわ」

「可能性って、何のですか？」

「もちろん、犯人の可能性だわ」

「でも、動機が――」

「いいこと。奥さんの田宮はるみさんは、ご主人とあなたが駈け落ちしたので、私立探偵を傭って、その行方を探らせた。あの奥さんは、意地で、離婚を承知しない人だわ。一人では心もとないので、二人の私立探偵を傭ったんだと思うの」

「ええ。それは、そうだと思いますわ。あの奥さんは、お金持ちだから、いくらでも傭えたと思いますわ」

と、真代もいった。

和子は、ハンドバッグから、煙草を取り出した。

「煙草を吸ってもいいかしら？　考え事をするとき、癖で煙草を吸いたくなるの」

「かまいませんわ。ぜんぜん、気になりませんから」

　と、真代はいった。

　和子は、細く長い外国煙草をくわえて、火をつけた。それがよく似合っていると、真代は思った。

「私もときどき、私立探偵を使うことがあるの」

　と、和子はいった。

「どういうときにですか？」

「民事の裁判のときにね。例えば、離婚訴訟のときなんか、こちらに有利に持って行くために、相手が浮気をしている証拠写真を、私立探偵に頼んで、撮ってもらうのよ」

「なるほど。わかる気がしますわ」

「使える写真を撮ったときは、成功報酬を払うわ」

「それ、高いんですか？」

「五十万のときもあるし、百万のときもあるわ」

「そんなに――？」

　真代は、びっくりしたが、和子は笑って、

「これは、安いほうよ。たとえば、離婚で、五億円も十億円も慰謝料を支払わなければならない男がいるとするわ。奥さんの浮気の現場写真一枚で、それが、一億円ですむことになるのよ。そんなときには、私立探偵に、成功報酬として、一千万払っても高くはないわ」

と、いった。

「そうですね。ええ、わかります」

「それでも、私立探偵が、ちゃんとやってくれれば、一千万円払ってもいいんだけど、違う場合があるのよ」

「どんな場合ですか？」

「日本の私立探偵というのは、アメリカと違って、資格制じゃないの。だから、誰にでもできるかわりに、玉石混交で、優秀な信頼できる人もいれば、ヤクザまがいの人間もいるのよ。田宮はるみさんが傭った二人の私立探偵のうち、片方がその悪いほうだったんじゃないかしら」

「列車の中で殺された石本功という人ではなく、もう一人の男ですね」

「もちろん、そうだわ」

「でも、なぜ、奥さんを殺したんでしょうね？」

と、真代はきいた。

「その男の名前がわからないから、仮にAとしておくわ。田宮はるみさんは、石本功にもそのAにも、ご主人とあなたを見つけてくれたら、百万円払うと約束してあったとするわ」

「ええ」

「ところが、石本功のほうが先にあなたたちを見つけてしまった。成功報酬の百万円は、当然、石本がもらうことになるわ。Aはもらえない」

「ええ」

「金の欲しいAは、そこで石本を殺してしまう。田宮はるみさんが、彼に成功報酬を払う前にね」

「そうなんだわ。それで、石本という男が殺された理由が、わかってきたわ」

真代は、嬉しそうにいった。

田宮の犯行でなければ、それでいいのだ。

和子は、苦笑して、

「まだそうと、決まったわけじゃないわ。私の推理だけだから」

「でも、当たっていると思います。田宮さんが、殺すはずがないんですもの」

と、真代はいった。

6

和子は、二杯目のコーヒーを注文した。

「Aが石本功という探偵を殺して、手柄をひとり占めしようとしたとするわ」

と、和子はいった。

「ええ」

「問題は、Aがなぜ、奥さんを殺したかということになるんだけど」

「そこが、私にもわかりませんわ。奥さんは、田宮さんと私とが見つかれば、その成功報酬を払うはずだと、思いますけど」

「でも、殺されたわ」

「田宮さんは、殺していません」

「とすると、Aが犯人だけど――」

和子は、何本目かの煙草に火をつけ、じっと考えていたが、

「こういうことが、考えられるわ」

「どんなことですか？」

「田宮はるみさんが、Aに成功報酬五百万で頼んでいたとするの」

「五百万は、大金ですわ」

「でも、Aは、もっと欲しかった」

「もっと？」

「そうよ。あくどい私立探偵だったら、この際一千万でも二千万でも、手に入れようと考えるわ」

「でも、田宮の奥さんしか支払う人はいないんだから、奥さんのいうことを聞くしかないと、思いますけど」

と、真代がいうと、和子は、

「そんなことはないわ。ご主人の田宮さんに、この情報を買ってもらってもいいといったかもしれないし、このスキャンダルを、いいふらすと脅かしたかもしれないわ。多分、後者だわ。田宮はるみさんは、いい家のお嬢さんで、スキャンダルを怖がっていたから」

「それに対して、奥さんが、怒ってということですか？」

「奥さんは、勝気だから、かっとして、警察に訴えると、逆に脅したのかもしれない。石本功を殺しているAは、警察に話をされたら、それで終わりだわ。顔色が変わったと思うのよ」

「ええ」

「田宮はるみさんは、勘のいい女《ひと》だから、そんなAを見て、石本を殺したのは、Aだと直感したんだと思うわ。そうなると、彼女は黙っていられない性分だから、きっと、眼の前のAに向かって、『石本さんを殺したのは、あなたなのね！』と、叫んだんじゃないかしら。これなら、Aは、彼女を殺すと思うわ。その口を封じるためにね」

「すごいわ」

真代は、本当に感心した。

和子は、ちょっと照れ臭そうに笑った。

「私たちが、こう考えても、警察は信じてくれないわ。警察は、石本功という探偵と奥さんを殺したのは、田宮さんと考えているんですものね」

「木元さんの推理を話してみたら、信じてくれるでしょうか？」

と、真代がいうと、和子はきっぱりと、

「駄目ね。警察は、そんな甘くはないし、他人《ひと》の話を聞く体質じゃないのよ。あなたにだって、よくわかっているでしょう？」

「ええ。私の証言なんか、ぜんぜん聞いてくれませんでした」

と、真代はいった。

「ね、警察を信じさせるには、何よりも、証拠をつかんで、突きつけなきゃ、駄目なのよ」

和子は、そういった。

「でも、どうやったらできるでしょうか？　Aの名前さえ、わからないのに」

真代は、また不安になってきた。

「なんとか、やってみるのよ。その代わり、あなたにも、相当の覚悟をしてもらうわ」

「それは、どんなことでもします」

「Aを見つけて、自供させなければならないわけだけど、Aは、もう二人も殺しているから、何をするかわからない。それでも、大丈夫？」

「大丈夫ですわ」

「それを聞いて、心強いわ。Aはきっと、東京の探偵だと思うから、私が東京の事務所に連絡して、名前を調べてもらいます」

と、和子はきっぱりいった。

「お願いします」

と、真代は小さく頭を下げた。

「あなたは、Aの顔を見ているんだわね？」

「ええ、見ています。二度だったかな」

「覚えている？」

「はい」

「よかったわ。私は知らないから、その点では、あなたが頼りなの」

「でも、この男は、今、どこにいるんでしょうか。東京にでも、逃げてしまっていたら、ここにいても、捕まえられませんけど」

と、真代がいった。

「その点は、大丈夫だわ。私は、まだこの札幌にいると思っているの」

和子は、確信ありげにいった。

「どうして、そう思うんですか？」

と、真代がきいた。

「理由は、二つあるわ。一つは、警察が、石本功と田宮はるみさんを殺した犯人と考えて探しているのは、田宮さんでAじゃないということ。Aは、札幌にいても安心なのよ」

「癪《しやく》だけど、そうですわ」

「二つ目は、お金」

「お金って？」

「Aは、成功報酬が欲しかった。これは、間違いないと思うわ。だから、同業の石本功を殺したんだと思うのよ。でも、スポンサーの田宮はるみさんを殺してしまったから、肝心のお金は、手に入っていないはずだわ」

「私もそう思いますわ」

「Aは、そのお金を、他の人から、手に入れようとすると思うの」

「誰からですか？」

「もちろん、田宮さんか、あなたからよ」

と、和子はいった。

「私から？」

真代は、びっくりした。

だが、和子は、何を驚いているのかという顔で、

「他にいないでしょう？　Aの立場になって考えてごらんなさい。田宮はるみさんが死んで、財産は、そっくり田宮さんのものになった。田宮さんと、あなたのものにね」

と、いった。

真代は、手を振って、

「私は、財産が欲しくて、彼に近づいたんじゃありません。愛しているんです。財産なんか、いりません！」

と、いった。

「そんなに、むきにならないで」

と、和子は笑って、

「今は、Aの気持ちになって、話をすすめているのよ。冷静になって、一緒に考えてくれないと困るわ」

という。そのとおりなのだ。

「すいません」

真代は、謝った。

「いいこと。Aは、他にお金を取れるところがないんだから、田宮さんかあなたに、金を払えと、いってくるわ」

「私は、今、お金を持っていないから、田宮さんにだと、思いますけど」

と、真代はいった。

和子は、考えていたが、

「それは違うわ。あなたによ」

「なぜですか？」

「田宮さんは、警察に追われて逃げ廻っているから、Aにしても、見つけるのが大変だけど、あなたは違うわ。あなたは、警察が監視しているけど、自宅マンションに戻っている。連絡しやすいと思うわ」

「それは、そうですけど――」

「もう一つ、田宮さんは、あなたと札幌まで逃げた。それだけ夢中なんだと、誰もが思うわ。つまり、Aから見て、田宮さんの弱いところは、あなただとわかるわけよ。直接田宮さんに要求するより、あなたに要求したほうが、金は、取りやすいと思ったとしても、不思議じゃないわ」

「そうでしょうか？」

「それとも、あなたは、田宮さんに愛されているという実感がないの？」

「そんなことは、ありませんけど」

「それなら、Aは、扱いやすいあなたのほうに、連絡してくるはずだわ」

「どうしたら、いいんでしょう?」

と、真代はきいた。

「いいこと。そのときは、あなたにとっても、田宮さんにとっても、自分たちの無実を証明する絶好のチャンスなの。真犯人のAを捕まえて、自白させるチャンスなんだから」

「はい。わかります」

「ただ、うまくやらなければ、駄目だわ」

「そうするには、どうしたら?」

「それを、ゆっくり研究しましょうよ」

と和子は、落ち着いた声でいった。

7

刑事らしい二人の男は、相変わらずロビーに腰を下ろして、ちらちら、こちらの様子を窺《うかが》っている。

「警察に連絡して、Aを捕まえてもらっても、駄目ね」

と、和子がいった。

それは、真代にもわかる。警察は田宮が犯人と決めつけているからだ。あるいは、真代との共犯と。

「Aは、犯行を否定するに決まっているしねえ」

と、和子は続けていった。

「どうしたら、いいんでしょう？」

「むしろ、警察には知られないで、なんとかしたいわ」

「ええ」

「お金を要求してきたら、金を払うことにして、安心させておいて、なんとかして、Aに事実を喋らせることね。それをテープにでも録《と》ることができれば、万事解決だわ」

「そうですわ。それなら、警察だって、信用してくれると思います」

真代は、眼を輝かせていった。

「でも、これは、簡単なことじゃないわよ」

と、和子は、釘を刺した。

「わかっていますわ」

「第一、Aは、二人も殺しているのよ。三人目だって、平気で殺すわ。それでも怖くない？」

「怖いけど、大丈夫ですわ」

「それに、あなたに連絡があったら、あなたが一人で、Aに会いに行かなければならないわよ。Aは、きっと、あなたに一人で来いというに、決まっているから」

「ええ」

「それでも、大丈夫？」

「大丈夫ですわ」

「そう。それだけ、田宮さんを愛しているのねえ」

と、和子が感心したようにいった。真代は、赤くなった。

「今日は、これだけにしておきましょう。あなたも、自分のマンションで待機していて。私は、Aの名前を調べるわ」

と、和子はいった。

真代は、ホテルを出ると、自分のマンションに帰った。

翌朝、和子から、電話が入った。

「まだ、連絡はない？」

と、きく。

「まだ、ありませんわ」

「辛抱強く待つことね。それから、Aの名前がわかったわ」

「本当ですか？」

「何か、書くものがある？」

「手帳に書いておきますわ」

「じゃあ、いうわよ。名前は、水原健《みずはらたけし》。健康のケンよ。東京の人間で、渋谷《しぶや》駅近くの雑居ビルに、たった一人で、事務所を持っているわ。年齢三十三歳。傷害の前科が一つあるわ。荒っぽい男みたいね」

「――――」

真代は、黙って、自分の手帳に書き留めていった。

「それから、妻子はなくて、独身。お金には、困っていたみたいだから、必ず、あなたに連絡してくるわよ」

と、和子はいった。

「田宮さんとは、まだ、連絡がとれないんですか？」

と、真代はきいた。

「残念だけど、まったく連絡はないわ。でも、あなたを置いて、遠くへ行くはずがないから、この札幌にいることだけは、間違いないわ」

と、和子がいってくれた。

「それは、私も、信じていますわ」

「その気持ちが、大事よ」

と、和子が励ますようにいった。

「本当に、この男は、連絡してくるでしょうか？」

「来るわ。お金が欲しいに違いないから」

と、和子は自信ありげにいった。

第五章　豊平峡《ほうへいきょう》ダム

1

「もし、連絡して来たら、どうしたらいいんですか？　お金をよこせといわれても、私は、まとまったお金は、持っていませんわ」

と、真代はいった。

「それは、大丈夫よ。私か田宮さんが、なんとかします。とにかく水原から連絡があったら、会う場所と日時を決めてから、私に知らせてちょうだい。多分一千万ぐらいは要求してくると思うのよ」

「承知してしまって、いいんですか？」

「一千万円でなら、承知していいわ。私が田宮さんになんとか連絡して、用意します」

と、和子はいった。

「わかりましたわ」

真代は、こわばった顔で肯いた。

電話を切り、水原という男からの連絡を待った。

一時間、二時間と時間がたつにつれて、真代の神経がとがってくる。

男から電話があったら、とにかく、会う場所と時間を約束させなければならない。

そして、テープレコーダーを持って、会いに行き、なんとかして、相手に田宮の妻を殺したことを喋らせるのだ。

(なんとかして――)

と、口の中で呟いたとき、電話が鳴った。

受話器を取って、「もし、もし」といった。が、緊張で、口の中が乾いてしまっている。

「市川真代さんかね?」

と、男の声がいった。

「ええ」

と、肯く。少しは声が出た。

真代は、片手を伸ばし、茶碗の冷えてしまったお茶をのんだ。

「おれは、亡くなった田宮の奥さんに頼まれて、仕事をしていた人間だ。成功報酬が約束されていたのに、彼女が死んでしまったんで、もらうことができない。田宮さんなら、払ってくれると思ったんだが、行方がわからなくてね。それで、あんたに電話したんだよ」

「なぜ、あたしが払うと思ったんですか？」

と、真代がきくと、男は笑って、

「おれが調べたのは、あんたと、田宮さんの浮気のことなんだよ。証拠写真も撮った。いいかね、これを、おれが警察に持って行けば、あんたと田宮さんが共謀して、奥さんを殺した証拠になる。少なくとも、動機は明らかになって、警察は喜ぶさ。どうだ？　買う気になったかね？　田宮さんと二人、刑務所に行きたくなかったら、この写真を買うんだな」

「私も田宮さんも、奥さんを殺してないわ」

「警察が、そんなことを信じてくれるかね？」

「信じさせるわ」

「まあ、無理だな。おれの撮った写真が、警察の手に渡れば、ますます絶望的になるんじゃないのかね？　どうなんだ？　買うのか？　買わないのか？」

「わかったわ」

と、真代はいった。

とにかく、この男を油断させて、田宮の妻や同業の私立探偵を殺したことを、自白させなければならないのだ。

「よし。それでいい」

と、男はいった。

「どうすればいいの？」

「一千万円。現金で持って来てくれ」

と、男はいった。

「私は、そんな大金は、持ってないわ」

「そんなことは、わかっている。田宮さんにもらえばいい。彼は、奥さんが死んで、何十億という財産を手にしたんだ。一千万くらい軽いもんだろう」

「すぐには、連絡がとれないわ」

「あと三日間、待ってやる。六月二十九日までだ。この日に一千万円持って来るんだ」

「何時に、どこへ行けばいいんですか？」

「豊平峡《ほうへいきょう》ダムは、知ってるか？」

「名前は、聞いたことがあるわ」

「定山渓まで、まず行くんだ。定山渓は、彼と一緒に行ってるはずだ」

「ええ。行ったことがあるわ」

「定山渓から、バスが出ている。途中から、電気自動車しか行かなくなるから、注意するんだ。いずれにしろ、札幌からでも、二時間あればダムに着く。午後二時、ダムの堤防の上で待っている。時間におくれるなよ」

「午後二時、ダムの堤防の上ですね？」

「そうだ。六月二十九日、月曜日、午後二時だ。雨が降っても、一千万円、持ってくるんだ。必ずあんた一人で来るんだ。他の人間も一緒だったら、この取引は、即刻、中止する。そのつもりでいてくれ」

2

相手が電話を切ると、真代は、すぐ、Ｋホテルの木元和子に連絡した。

「やっぱり、電話して来たのね」

と、和子は、ほっとした声でいった。

「一千万円を、私一人で持って来いといいました」

「できる？　あなた一人で」

「なんとか、やってみますわ」

「そうね。田宮さんとあなたの未来が、かかっているんだから、頑張ってね。私も、行ってあげたいけど、もし、あの男に気づかれたら、すべてが駄目になってしまうから、一緒には行けないわ」

「大丈夫です」

「どこで、何時に会うことになったの？」

「豊平峡ダムで、午後二時です」

「そこは、行ったことがないけど、午後二時なら、人も出ているだろうから、大丈夫ね」

「ええ。それで、一千万円ですけど――」

「いつまでに、必要なの？」

「六月二十九日です。三日後です」

「わかったわ。何とか田宮さんに連絡をとって、用意するわ。どうしても、連絡がとれないときは、私の東京の事務所から持って来させます。その一千万円を相手に渡して、安心させておいて、田宮さんの奥さんを殺したことを自白させるのよ。できるわね？」

「なんとか、やってみますわ」

「あなたなら、必ずできるはずよ。一千万円できたら連絡します。しばらく待っていてね。それまで、電話しないほうがいいわ。警察に、このことを気づかれたくないの」

「わかりますわ」

と、真代はいった。

電話を切ると、真代は、一仕事終わったみたいな疲れを感じた。

真代は、マンションを出ると、近くの電器店に行き、小型のテープレコーダーを買った。

ハンドバッグの中に、簡単に入ってしまう大きさである。

次にスーパーで、インスタントラーメンや菓子パン、牛乳などを、たくさん買い込んだ。

木元和子から、いつ電話が入るかわからないので、六月二十九日まで、マンションに籠《こも》っているつもりになっていたからである。

マンションに戻ると、ハンドバッグの中に、テープレコーダーを入れ、会話が、うまく録音できるかどうか、試してみた。

ハンドバッグを閉めてしまうと、さすがに録音は不可能だった。

小さなマイクが付属品としてついているので、それを、ハンドバッグの外に出せば大丈夫だが、バッグの外で、コードにつながれたマイクがゆれていたら、たちまち、水原に怪しまれてしまうだろう。

真代は、もう一度、外出すると、ふたをかぶせるような形のハンドバッグを買って来た。

そのふたの下に、マイクを固定すれば、音を拾えると、考えたからである。

バッグの底に入れたテープレコーダーから、コードでつながったマイクをバッグの外に出し、ふたの裏側にテープで固定した。

テレビをつけ、少し離れた場所から、テレビの声を録音できるかどうか、試してみた。

一回目は、テープレコーダーのスイッチを入れるのを忘れてしまった。マイクのことばかり、気にしていたからである。

(しっかりしなくちゃあ)

と、真代は、自分を叱りつけた。

二十九日に、水原健に会うときは、一回勝負で、やり直しはできないのだ。

テープレコーダーのスイッチを入れ、テレビをつける。

人気者の漫才をやっていた。
五、六分たって、ハンドバッグからテープレコーダーを取り出し、再生のスイッチを入れてみた。
しかし、漫才の会話が、かすかにしか聞こえて来ない。これでは、野外で水原の声を録音できそうもない。

(テープレコーダーが、悪いのだろうか？　それとも、私の操作が、間違っているのだろうか？)

と考えたが、機械《メカ》に弱い真代には、原因がわからなかった。たくさんついているスイッチを、あれこれいじっているうちに、突然漫才の声が大きくなってびっくりした。

何のことはない。ボリュームが、最小のところになっていたのである。

真代は、ほっとした。

翌日も、真代はマンションに籠《こも》り、パンやインスタントラーメンを食べながら、テープレコーダーの操作の練習を繰り返した。

その日の午後に、木元和子から電話が入った。

「一千万円は、用意できたわ」

と、和子はいった。

「じゃあ、田宮さんと、連絡がとれたんですか？」

真代は、息をはずませて、きいた。

「電話で話ができたけど、会えなかったわ。とにかく、警察が田宮さんを探しているし、派出所や交番には彼の写真が貼ってあって、身動きがとれないの。それで、一千万円も、私が立て替える形で、東京から持って来させたのよ」

と、和子はいう。

「田宮さんは、無事なんですね？」

「ええ。あとで彼も、あなたに電話すると、いっていたわ。それで、明後日《あさって》だけど、私がレンタカーを使って、あなたを豊平峡ダムの近くまで送って行くわ。午後二時なら、札幌を十一時に出ても間に合うわね。余裕を見て、十時に出発しましょう」

「はい」

「あなたは、刑事に見張られているから、明後日、彼らをまく必要があるわね」

と、和子はいい、その方法を打ち合わせた。

彼女の電話が終わって、一時間ほどして、また電話が鳴った。

受話器を取ると、なつかしい田宮の声が、聞こえて来た。

「僕だよ」

と、いわれただけで、真代は、眼頭《めがしら》があつくなってしまった。

急に、返事ができなくて黙っていると、田宮は、

「どうしたんだ？　大丈夫か？」

「大丈夫よ。大丈夫」

「それならいいんだが、君のことが心配でね。弁護士から聞いたが、僕のために、危険なことをやってくれるそうだね」

「あなたのためだけじゃないわ。私のためでもあるわ。二人のためなの」

と、真代はいった。

「僕が、一緒に行ってあげられればいいんだが、身動きがとれないんだ」

「いいんです。向こうの男も、私に一人で来いといっているし、大丈夫です」

「君が、うまく、あの男の自白を引き出してくれれば、僕も君も、無実が証明できるんだ。警察に追われることもなくなって、一緒に暮らせるんだ。幸か不幸か、家内も死んでしまったからね。僕たち二人のために、がんばってくれ」

「やってみます。大丈夫です」

「奴は、家内や私立探偵も殺している。危険な男だから、十分、気をつけるんだ。わかっているね？」

「はい」

「早く、君と一緒に、暮らしたいよ」

と、田宮はいった。その言葉で、また真代は、涙が出てしまった。

3

二十九日は、朝から小雨が降っていた。

真代は、テープレコーダーを仕込んだハンドバッグを持って、午前九時半にマンションを出た。

二人の刑事が、すかさず尾行して来た。

真代は、五十メートルほど離れた場所にある美容院に入った。

いつ行っても、混んでいる店である。

案の定、今日も、この時間なのに、もう順番を待つ客がいる。

真代も、待つという顔で、椅子に腰を下ろした。

二人の刑事は、店の中をのぞき込んでいたが、真代が、女性週刊誌を手にとって読み出すと、安心した様子で顔を引っ込めた。

真代は、じっと自分をおさえて、十分、十五分と時間がたつのを待った。

二十分過ぎたところで、真代は、店の女の子に、

「トイレを貸してね」

といって、奥へ行った。

トイレの横に、勝手口がある。

真代は、そこを開けて、裏通りに飛び出した。

打ち合わせがしてあったので、木元和子がレンタカーで待っていた。

真代が、助手席に乗り込むと同時に、和子が白のスカイラインをスタートさせた。

真代は、ほっと溜息をついた。

「うまくいったみたいね」

和子が、前方を見つめたままいった。

「ええ。なんとか、刑事はまいたみたいですわ」

真代は、サイドミラーに眼をやった。尾行して来る車は、見当たらなかった。

「幸先《さいさき》がいいわ。きっと、うまくいくわよ」

と、和子が、笑顔になっていった。

市内を抜け、国道二三〇号線を、豊平川沿いにひた走る。

窓の外の景色は、前に、田宮と一緒にバスで走ったので覚えていた。

なつかしかった。

真代は、しばらくの間、黙ってその景色を眺めていた。

最初のうち、豊平川は、川幅も広く、両岸に人家もあるが、次第に川幅が狭くなり、流れが急になってくるにつれて、人家は見えなくなり、山肌が迫ってくる。

「大丈夫？」

突然、和子がきいた。

「えっ？」

「黙っているから、気になって」

「大丈夫ですわ」

「危険だと感じたら、すぐ、引き返して来なさいね」

と、和子はいった。

渓谷《けいこく》が深くなり、川面《かわも》が、見えかくれするようになった。定山渓に近づいたのである。

トンネルを一つ、二つと抜けると、定山渓温泉のホテル群が見えて来た。

二人の車は、そこを抜け、さらに国道二三〇号線を走った。

たちまち、温泉街は見えなくなった。

十分ほどで、国道が二つに分かれている地点に来て、和子は車をとめた。

このまままっすぐ行けば、中山峠に行く。

豊平峡ダムには、左に折れて、進まなければならない。

「ここから先は、バスしか行ってはいけないみたい。私は、ここで待ってるわ」

と、和子はいい、一千万円の札束の入った包みを、真代に渡した。

なるほど、バス停のところで若者が五、六人、待っている。

真代は、「がんばってね」という和子の声に送られて車を降り、バス停のほうへ歩いて行った。

しばらくして、豊平峡行きのバスが、やって来た。

雨はどうにかやんでくれたが、それでも肌寒く、そのうえ、ウィークデイのせいもあってか、バスの中はガラガラだった。

真代の乗ったバスは、山あいの急勾配の道を登って行く。

ひょっとして、水原というあの男も、乗っているのではないかと思ったが、彼の姿は、車内にはなかった。

すでにダムに行って、待っているのかもしれないし、この次のバスで来るのかもしれない。

四分も乗ったところで、バスが停車して、今度は、電気自動車に乗りかえだった。

面倒くさいが、ダム周辺の空気を汚さないためということのようだった。

おかげで、ここで、ダムまでの切符を、改めて買わなければならない。

片道二百円である。

真代は、往復の切符を買って、電気自動車に乗り込んだ。

小さな箱型のバスで、十五、六人しか乗れないが、ここまでのバスの乗客が少なかったので、一台で十分だった。

EZORISU（エゾリス）と書かれた電気自動車は、時速二十キロぐらいのゆっくりしたスピードで、走り出した。

快適だが、真代は、その遅いことにいらいらした。

冷水《ひやみず》トンネルと豊平峡トンネルの二つのトンネルを抜けると、そこが終点である。時間にして、十分くらいだった。遊園地の乗り物の感じである。

「二百円は高いなあ」

と、文句をいっている若者もいた。

真代は、電気自動車から降りると、一千万円の入った包みをしっかりと抱え、ハンドバッグの中のテープレコーダーのスイッチをオンにして、ダムサイトに向かって歩いて行った。

肌寒い気温のせいで、行楽客の姿はまばらだった。

せっかくここへ来たのに、ダムを見ずに、レストハウスのほうに行ってしまう家族連れもいる。

真代は、アーチ式ダムの上に造られたコンクリートの通路に向かって、歩いて行った。

ゆるいアーチを描く通路には、片側に水銀灯が並び、手すりに取りつけられたスピーカーから、この豊平峡ダムの説明が、アナウンスされてくる。

真代のように、歩いて行く行楽客もいたが、行き止まりになっているのを知って、たいていは途中で引き返して行く。

真代は、幅十メートルほどの通路を、前方を見つめながら、ゆっくり歩いて行った。

通路の奥は、コンクリートの壁になっている。トンネルの口は見えるが、そこから先は、通行禁止である。

その近くに、男が一人、ぽつんと立っているのが見えた。

恐らく水原健だろうと思いながら、真代は、緊張し顔をこわばらせて、近づいて行った。

ここまでは、行楽客は、やって来ない。ダムが放水する水の音だけが聞こえてくる。
五、六メートルまで近寄ると、男は、サングラスをかけた顔で、真代を見た。
やはり、あの男だった。

「よく来たね」

と、その男――水原健は、意外に穏やかな口調でいった。

「約束ですから、来たんです」

と、真代はいった。

「一千万円は、持って来たんだね？」

「ええ」

「見せてもらおうか」

と、水原はいい、真代が差し出した包みを開け、中に入っている一万円の札束を、慎重に点検している。

「写真は、持って来てくださったんですか？」

と、真代がきいた。

「ああ。持って来たよ」

水原は、抱えていた茶封筒を真代に渡した。

中には、ネガと、引き伸ばした写真が入っていた。

すべて、真代と田宮が一緒に写っているものだった。確かに不倫の証拠にはなるだろう。

「田宮さんの奥さんを、本当に殺したのは、あなたなんでしょう?」

と、真代は、水原に話しかけた。

水原は、一千万円を自分のショルダーバッグにしまいながら、

「何だって?」

「警察にいったりしないから、本当のことを教えてくださらない? 田宮さんの奥さんを殺したのは、あなたなんでしょう? あんなに鮮やかに殺せるのは、あなたしか考えられないわ。感心しているの」

真代は、おだてるようにいった。

なんとしてでも、この男に、殺したといわせなければいけないのだ。

水原は、ニヤッと笑って、

「なぜ、そんなことを、聞くんだ?」

「警察に、私と田宮さんが疑われるのは、仕方がないと思うの。動機があるんだから。これからだって、疑われ続けると思うわ。殺さなかったという証拠もないんだから。それに、私は、奥さんを殺してくれた人に感謝してるわ。ともかく、おかげで、私は田宮さんと一緒になれるんですものね。あなたが殺したのなら、あなたに感謝したいわ」

「ふーん」

「ね、あなたが殺してくださったんでしょう？」

「まあ、そんなところかもしれないね」

と、水原はいってから、急に、

「まさか、おれに喋らせて、それをテープにとって、警察に渡そうなんて考えているんじゃあるまいな？」

と、険《けわ》しい眼で見つめた。

「そんなことないわ」

真代は、あわてて首を横に振った。それが、かえっていけなかったのか、

「信じられるか！」

と、水原は叫び、いきなり、真代のハンドバッグを引ったくった。

真代が、声にならない悲鳴をあげた。

「この野郎！　やっぱり、テープを仕掛けてやがった！」

水原は、彼女のハンドバッグをコンクリートに叩きつけると、ポケットからナイフを取り出した。

「殺してやる！」

と、叫び、水原は、飛びかかってきた。

真代は、悲鳴をあげた。が、湾曲した堤防の端で行なわれていることは、誰も気づかないようだった。

二人は、コンクリートの上に転がった。ナイフの刃が彼女の腕を切った。痛みが走り、血が流れる。

そのあと、何がどうなったのか、真代は、覚えていない。

水原が、けもののような呻《うめ》き声をあげ、気がつくと、彼の胸にナイフが突き刺さっていた。

血が噴き出し、水原の身体が、小きざみにけいれんしている。

真代は、真っ青な顔で、後ずさりした。

（死んでいく――）

と、思ったが、どうしていいかわからなかった。

ただ、恐ろしかった。

真代は、ハンドバッグを拾いあげると、逃げ出した。

一千万円とテープレコーダーを、その場に忘れたことなど、頭になかった。

4

真代は、ひたすら、その場から遠ざかりたかった。

電気自動車の出発まで、まだ時間があると知ると、真代は歩き出した。

暗いトンネルに入ったが、怖いよりも、ほっとした。

二つのトンネルを抜ける頃になると、少しは気持ちが落ち着いてきた。

また、雨が降り出した。その水滴がかえって心地よかった。

気がつくと、右手から血が流れている。

水原のナイフで切られたのだ。幸い、傷は浅いらしく、右手をあげて、歩いているうちに、血は止まった。

バス停まで来たが、乗る気にはなれず、さらに歩いて行った。

バスが、雨の中を歩き続ける真代を追い抜いて行く。真代は、顔を伏せてやり過ごした。

やっと、分岐点のところまで、たどり着いた。

バス停の標識の傍に、疲労と恐怖で、座り込んでしまったとき、白いスカイラインが近づいて来た。

ドアが開いて、木元和子が、

「乗りなさい！」

と、叱りつけるような声で、いった。

真代は、ふらふらと立ち上がり、助手席に入った。

「ドアを閉めて！」

和子が、また、叱りつける調子でいう。

真代がドアを閉めると、和子は、定山渓温泉に向かって、車をスタートさせた。

「何があったのか、手短に説明して」

と、車を走らせながら、和子がいった。

「ダムへ行ったんです」

「行ったのは、わかってるわ。あの男は、いたのね？」

「ええ、いました。私がミスしてしまって――」

「ミスって、何のこと？」

「ハンドバッグに、テープレコーダーを入れてるのを、見つかってしまったんです」

「それで？」

「あの男が怒って、ナイフを振り廻して」

「でも、無事に、逃げて来たんでしょう？」

「――」

「他に、何かあったの？」

「あの男が、死んでしまったんです」

「死んだ？　なぜ？」

「わかりません。あの男がナイフで刺そうとするんで、必死で防いでいたら、そのナイフが、あの男の胸に刺さってしまって――」

「それで、彼が死んだの？」

「ええ。死んだと思います」

「確認しなかったのね？」

「でも、死んでいますわ」

「わかったわ」

和子は、断ち切るように、肯いて見せた。

定山渓温泉に入ると、和子は道路の端に、車をとめた。

「あなたのサイズは？」

「服のサイズよ。そんな血だらけの服を着て、札幌には戻れないわよ」

と、和子はいった。

「え？」

「9サイズです」

「9ね。待っていなさい。今、買って来てあげる」

和子は、車を降りると、小さな洋品店に向かって、小雨の中を走って行った。

待っている間、真代は、車の中で、改めて自分の身体を見廻した。

和子が着替えろというのは、もっともだった。右袖が、血で汚れているのは当然だが、胸のあたりにも、血痕が、飛び散っていた。おそらく、返り血なのだ。

真代は、血に染まって、けいれんしている水原の姿を思い出して、身体がふるえてきた。

和子が、下着まで買い揃えて、戻って来た。

「すぐ、着替えて」

と、和子がいった。

真代は、リアシートで裸になり、下着から、着替えた。

和子は、脱ぎ捨てた真代の下着や服を、ひとまとめにして、細紐でくくった。

「どうするんですか？　それ」

　と、真代がきくと、

「こんなものが見つかったら、あなたが犯人だと告白するようなものじゃないの。どこか見つからない場所に捨てるのよ」

　和子は、怒ったような声で、いった。

　彼女は、再び車を走らせ、豊平川の流れが豊かな場所に出ると、車をとめ、石をくくりつけて、真代の服を沈めた。

「これで、大丈夫だわ」

　と、和子は真代にいった。

「でも、お金と、テープレコーダーが――」

「現場に、忘れて来たのね？」

「ええ。怖くて、怖くて、忘れてしまったんです」

「今から、取りに戻れる？」

「――」

「今頃、死体が見つかって、大さわぎになってるわ。そんなところへ、戻れるはずがないでしょう？」

と、いいながら、和子は、車をスタートさせた。

「どうすればいいんですか？」

と、真代はきいた。

「あなたが自首して、正当防衛だと主張しても、通りそうもないわ」

「でも、あの男が、ナイフで、私を殺そうとしたんです。もみ合っているうちに、ナイフが、彼の胸に刺さってしまったんですわ」

真代は、必死にいった。

「わかってるわ。私は、あなたの言葉を信じるけど、警察は、恐らく信じないわ。あなたは、田宮の奥さんと、石本功の二人を殺した容疑をかけられているのよ。そんな疑いを持っている警察が、いまさら正当防衛で、水原健を殺したといっても、信じるはずがないわ」

和子は、冷静な口調でいう。

「どうすれば、いいんですか？」

「札幌に着くまで、そのことを考えましょう」

と、和子はいった。

幸い、国道二三〇号線に、車は少ない。すれ違う車を気にせずに、二人で話すことができた。

「冷静に考えてみてよ。あなたが現場に置いて来たものは、一千万円とテープレコーダーだけなの？　他に置いて来たものはない？」

と、和子が、ハンドルに手を置いた格好で、真代にきいた。

「ええ、それだけですわ」

「一千万円の札束には、あなたの指紋はついてないわね？」

「ええ」

「問題は、テープレコーダーね。水原は、それを、どうしたの？」

「怒って、コンクリートに叩きつけたんです」

「それで、こわれたの？」

「わかりませんけど、こわれたと思いますわ」

「でも、テープは、音が消えていないわ。何が録音されているの？」

「私と、あの男の会話です」

「すると、あなたが、あそこへ行ったことがわかってしまうわね。それと、あの男から、写真を受け取ったはずだけど、それは持っている？」

「あっ」

と、思わず、真代は声をあげた。

「どうしたの？　持ってないの？」

「もみあっているとき、落としてしまって、そのまま忘れてしまったんです」

「その写真には、何が写っていたの？」

「私と田宮さんが、札幌の町にいるところが――」

「まずいわ」

と、和子は呟いた。車をとめた。

「それじゃあ、あなたが、あの男を殺したと、白状しているようなものじゃないの」

「じゃあ、やっぱり、自首したほうが――」

「死刑になりたければ、そうしなさい」

「――」

「逃げなさい」

「え？」

「捕まれば、私が必死で弁護しても、あなたは有罪になってしまうわ。だから、逃げなさい。それも、北海道にいたんでは、捕まるのを待っているようなものだわ。今なら空港に手配もされていないと思うから、逃げ出せると思うわ」

と、和子はいった。

「でも、田宮さんが」

「彼も、あなたがダムへ行ったことは、知っているんだから、何があったのか、わかってくれるわ。逃げるのは東京がいいわ。向こうへ着いたら、すぐ私に連絡して」

「田宮さんに伝えてくれますか？」

「もちろん、伝えるわ」

「すみません」

「とにかく、これから千歳へ行って、あなたを乗せるわ。まだ、東京行きの便はあるはずだわ。明日になったら、指名手配されて、北海道から出られなくなるわよ」

と、和子はいった。

5

千歳空港に着いたのは、午後六時過ぎだった。

出発ロビーに、刑事らしい男の姿はない。

「大丈夫だわ」

和子が、ほっとした声でいった。

彼女が、東京までの切符を買ってくれた。

「東京は一千万都市だから、うまく隠れてしまえば、なかなか警察には見つからないわ」

と、和子が励ますようにいった。

「田宮さんには、いつ会えるんですか？」

「彼も、なんとかして、東京へ脱出させるわ。それに彼は、奥さんも私立探偵も殺してないんだから、無実の証拠さえ見つかれば大丈夫よ」

「早く、そうしてあげてください」

「田宮さんの無実が証明できれば、共犯のあなただって、当然シロになるわ。そうなれば、水原健を殺す理由もなくなるから、正当防衛に持っていけるしね。それまでは、がんばってよ」

と、和子は、真代を励ました。

真代は、一八時四〇分発のＪＡＬに乗った。

夕闇の中で、彼女を乗せたボーイング７４７ＳＲが飛び立った。

真代は、疲れ切っていたが、意識のほうは、逆にとぎすまされてしまい、眼を閉じると、豊平峡ダムでの出来事が、鮮明に浮かび上がってきた。

あれからもう、四時間以上たっている。

当然、水原健の死体は発見され、大さわぎになっているだろう。

死体の傍に、一千万円の包みと、テープレコーダーと、写真の入った茶封筒が落ちているのも、見つかってしまっただろう。

テープには、何が吹き込まれていただろう？

テープレコーダーのスイッチを入れてから、水原に近づいたのだから、彼との会話は、全部、録音されているはずである。

（どんなことを、喋ったたろうか？）

真代は、必死になって、それを、思い出そうと努めた。

自分や田宮にとって、死刑になるようなことが録音されているだろうか？

「よく来たね」と、まず、あの男がいったのだ。意外にやさしい語調だったのを思い出した。

（私は、何と返事したんだっけ？）

とにかく、来たわと、いったのだ。

水原は、一千万円を持って来たかと、きいた。

彼女が一千万円の包みを渡すと、彼は、それを調べ始めた。

そんな男に向かって、真代は、写真をくれといったのだ。

彼が、茶封筒をよこし、彼女が中身を調べた。

(問題は、そのあとだわ)

と、思う。

真代は、必死で、あの男に、田宮の妻と石本功を殺したことを、自供させようとしたのだ。

そのときの会話を、思い出そうと努めた。

殺したのは、あなたなんでしょう？　あんなに鮮やかに殺せるのは、あなたしか考えられないわ——といって、ほめたのだ。

細かい言葉遣いは忘れてしまったが、とにかく、おだてたのは覚えている。

あなたが、田宮の奥さんを殺してくれたおかげで、彼と一緒になれるともいった。

(あれは、まずかったろうか？)

いや、あのあと、あの男は、こういったのだ。

「まあ、そんなところかもしれないね」

この言葉だけは、はっきり覚えている。しめたと、思ったからだ。

そのあと、彼は、テープレコーダーを見つけ、かっとなって、コンクリートに投げつけ、ナイフを出して、真代を殺そうとした。

しかし、テープが大丈夫なら、その男の、おれが田宮の奥さんを殺したかもしれないねといった言葉は、消えていないはずである。

(あれだけは、私と田宮にとって、有利な材料のはずだわ)

と、真代は、自分にいい聞かせた。

有利だが、それだけでしかないという気もする。

水原が、「おれが殺《や》った」と、いってはいないからである。

それどころか、あのテープは、真代が水原を殺した完全な証拠になってしまうだろう。

二人が争うのを、誰も見ていないのだから、彼女の正当防衛を証言してくれる者がいない。

あの男は、「殺してやる！」と叫んで、ナイフで切りかかってきた。

そこまで録音されていれば、あのテープは、正当防衛の証拠になるのだが――

(駄目だわ)

と、思った。

あの男が、「殺してやる!」と、叫んだのは、テープレコーダーを叩きつけた後なのだ。

あの衝撃で、テープレコーダーは、こわれたか、こわれないまでも、テープは、停止してしまったはずである。

あの男が、「殺してやる!」と叫んだ声が、録音されている可能性は、ほとんどないだろう。

二〇時一〇分。真代の乗った飛行機は、羽田に着いた。

久しぶりに見る東京は、梅雨時の陰気な雨に濡れていた。

真代は、自分が今、東京にいることが、信じられなかった。

悪夢の続きを、まだ、見ているような気がするのだ。

もう二度と、田宮に会えないのではないか、そんな気もしてくるのだ。もし、そんなことなら、警察に捕まってもいいから、札幌にいればよかったとも、思う。

真代は、思い直し、ロビーの隅にある公衆電話のところに行き、札幌の木元和子に、連絡をとった。間髪《かんはつ》を容《い》れず、和子が電話口に出た。

「無事に着いたのね?」

と、和子がいった。

「ええ。今、羽田のロビーです」

「私も、ついさっき、このホテルに戻ったところなの」

「田宮さんと、連絡がとれましたか？」

「まだだけど、ニュースで、あの男が死んだことを知れば、あなたのことを心配して、必ず私に電話してくると思うわ」

「私が、東京へ来てることを、知らせてください。お願いします」

「もちろん、知らせるわ」

「これから、私は、どうしたらいいんですか？」

と、真代はきいた。

「どこかのホテルに泊まりなさい。それも、大きなホテルより、ビジネスホテルのほうがいいわね。そうしてから、もう一度、連絡して」

と、和子はいった。

真代は、ロビーの中で、夕刊を何種類か買ってから、タクシーに乗った。

「新宿にやって」

と、運転手にいってから、買った夕刊を一紙ずつ見ていった。

まだ、豊平峡ダムのことは出ていなかった。

事件が知られていないのではなく、時間的に夕刊に間に合わなかったのだろう。

真代は、新聞を投げ出して、窓の外に眼をやった。

もう、街には夜が訪れ、ネオンがまたたいていた。

雨に濡れているせいか、それがひどく感傷的に見えた。

(なぜ、こんなことになってしまったのだろうか——)

と、思う。

ただ、田宮とひっそりと暮らしたいだけだったのだ。

東京で暮らすのは辛かったので、札幌へ逃げたのである。田宮が、奥さんと別れてくれればいいとは思ったが、どうしてもという気はなかった。

まして、奥さんが死んでくれればいいと思ったことなどなかった。

それなのに、奥さんが殺され、彼女が頼んだ私立探偵まで殺されてしまった。

それどころか、真代自身まで、正当防衛とはいえ、人間一人、殺してしまったのだ。

首都高速の両側に、高いビルが見え始めた。

やがて、新宿の華やかなネオンが、近づいて来た。

真代は、新宿駅の東口で降り、歌舞伎町に近い場所にあるビジネスホテルに入って行った。

予約してなかったが、部屋は空《あ》いていて、泊まることができた。

偽名とでたらめな住所を書き、料金を前払いして、部屋に入った。

すぐ、テレビをつけた。が、九時のニュースは過ぎてしまっていて、退屈なドラマをやっている。

真代は、テレビをつけっ放しにしておいて、札幌の木元和子に電話をかけた。

「ビジネスホテルに入りましたわ」

と、いい、マッチに書かれたホテルの名前と、電話番号を教えた。

「九時のニュースは、見た？」

と、和子がきく。

「見たかったんですけど、間に合わなくて。テレビで、何かいっていましたか？」

「やっぱり、あなたの名前をいっていたわ。仕方がないわね、あの写真が見つかってしまったんだから。田宮さんの名前も出ていたけど」

「テープレコーダーのことは、どうでした？」

「それが、九時のニュースでは、何もいってなかったわ。警察は、まだテープを聞いてなかったのかもしれないわ。それとも、テープに何も入ってなかったのか。うまく、録音されていたかどうか、わからなかったんでしょう?」

「ええ」

と、真代は肯いてから、

「田宮さんと私が、あの男を殺したといっているんですか?」

と、きいた。

「殺したのではないかと、いっていたわ。それから、ニュースのすぐ後で、田宮さんが、あなたのことを心配して、電話して来たわ」

「本当ですか?」

「ええ。あなたがそのホテルに入ったことも、伝えておくわ」

「お願いします」

「私も、そのうちに東京へ帰ります。それまで、じっと辛抱していてね。軽はずみな動き方をすると、あなただけでなく、田宮さんも、逮捕されてしまうことになるから」

「はい」

と、真代は肯いた。

電話を切ってすぐ、テレビが、夜十時のニュースを流し始めた。

有名なニュースキャスターの出ているニュース番組である。

世界情勢や株価の話が終わったあと、Nというニュースキャスターが、

「今日の午後、北海道で殺人事件がありました。これは、札幌テレビの××さんから、話してもらいましょう」

と、いって、画面にその××さんが出て来た。

「これは、札幌近くの豊平峡ダムで起きた殺人事件です」

××さんが、話すにつれて、画面には、豊平峡ダムの全景が、映し出された。

「豊平峡ダムは、札幌市内を流れる豊平川の上流をせき止めて造ったダムで、車で一時間半ほどの場所にあります。今日の午後三時頃、このダムの上に、男の人がナイフで胸を刺されて死んでいるのが、見つかりました。ダムの上に、通路ができているんですが、長さが三百メートル。その先端で、死んでいたわけです」

彼の説明につれて、このコンクリートの通路が、映されていく。

死体が発見されたすぐあとで、ビデオカメラで撮ったものだろう。死体は、もう運ばれたあとで、小さな花束が、置かれてある。

「警察の調べによりますと、殺されていたのは、東京で、私立探偵事務所をやっている水原健さん、三十三歳とわかりました。死体の横には、一千万円の入った包み、テ

ープレコーダー、それに、写真の入った茶封筒が、落ちていましたが、写真に写っていた男女から、警察は、先に、殺人事件で指名手配した田宮容疑者と、その共犯ではないかと思われる女性の市川容疑者の二人を、この事件でも、重要参考人として、探しています。その事件というのは、この田宮容疑者と市川容疑者が、不倫の関係にあり、二人を追って、札幌にやって来た田宮容疑者の妻、はるみさんと、彼女に頼まれて、二人を探していた私立探偵の石本功さんが、札幌で殺された事件のことです」

と、アナウンサーは説明した。

ニュースキャスターのNが、

「不倫というのは、いけませんが、それが、こんな殺人事件に発展してしまうと、ますます困りますねえ」

と、笑いながら、いっている。

真代は、かっとして、テレビを消してしまった。

やはり、警察は、田宮と真代が、水原を殺したと、考えているらしい。

(それにしても、なぜ、テープレコーダーのテープに録音されている会話のことを、ニュースでいわないのだろう?)

と、真代は首をひねった。

和子は、警察がまだテープを聞いていないのだろうと、いっていたが、真代には、そんなことは、考えられない。

警察は、犯人を限定したくて、何よりも先に茶封筒の中の写真を見、テープを聞こうとするはずである。

(それなのに、なぜ、ニュースは、一言もいわないのだろう？)

警察は、わざと発表を控えているのだろうか？

そうだとしたら、理由は、何なのだろうか？

第六章　逮捕と裏切り

1

突然、道警の三浦警部が上京してきた。警視庁に十津川を訪ねると、市川真代の逮捕に協力してほしいと、いった。

「どうやら、彼女は、東京に戻って来ているようなのです」

と、三浦はいった。

「彼女は、なんとかいうダムで私立探偵を殺したと、聞きましたが？」

十津川は、三浦にコーヒーをすすめてから、きいた。

「札幌に近い豊平峡ダムです。まず、犯人は彼女に間違いないと、思っています。目撃者がいます。それに、殺された水原健の持っていた茶封筒の中には、田宮と彼女の写っている写真が入っていました」

「それは、新聞で読みましたよ」

「もう一つ、これは、新聞に発表しなかったことがあるんです」

三浦は、少しばかり秘密めかしていった。

「どんなことですか？」

「現場に、テープレコーダーが落ちていました。機械はこわれていましたが、中のテープは無事でした。そのテープに録音されていたのは、殺された水原健の言葉なんですが、それが、彼女が犯人であることを示しているのです。そのテープを持って来ましたので、あとでお聞かせしますが、今は、とにかく一刻も早く、彼女を逮捕したいのです」

「市川真代が、東京に来ていることは、確かなんですか？」

「昨日の一八時四〇分千歳発のＪＡＬに乗ったと思われるのです。名前は違っていますが、この便のスチュワーデスが、市川真代の写真を見て、彼女だったと証言しています」

と、三浦はいった。

「すると、田宮も、東京に戻って来ていると見ていいですかね？」

と、十津川はきいた。

「同じ便に、田宮が乗った形跡はありませんが、当然、彼も東京に舞い戻るつもりでいると思いますね」

「市川真代が東京に戻ったとすると、どこへ行くだろう？」

十津川は、考え込んだ。

友人の家に隠れるか？

それとも、ホテル、旅館に身をひそめるだろうか？

いずれにしろ、田宮に連絡をとるだろう。その結果、田宮も東京に戻ってくれば、二人を同時に逮捕することも可能である。

「今から、東京都内のホテル、旅館に片っ端から当たってみましょう。そこにいなければ、次に彼女の友人関係です」

十津川は、すぐ、亀井たち六人の刑事を呼んで、ホテル、旅館の聞き込みに走らせた。

みんなが飛び出していったあとで、十津川は、三浦にいくつかの質問をした。新聞に出ていた一千万円の件も、その一つだった。

「現場に一千万円入りの包みがあったということですが、これはどう解釈しているわけですか？」

「水原が、ゆすったんだと思いますね。彼がすべてを知っていてです」

「しかし、市川真代に、一千万もの大金は用意できんでしょう？」

「もちろん一千万円は、田宮が用意したんだと思います。奥さんが亡くなって、田宮は厖大《ぼうだい》な財産を手に入れましたからね。一千万円ぐらい、楽に用意できたと思います。私は、東京に来たついでに、田宮が銀行から最近一千万円おろして、北海道に送らせていたかどうか、調べたいと思っているんです」

と、三浦はいった。

「ゆすられていた一千万円を渡したあとで、なぜ、市川真代は相手を殺してしまったんですかね？」

「それは、いろいろと考えられますね。最初から、一千万円を渡して油断させておき、水原を殺す気だったのかもしれません。あるいは、一千万円を渡したが、水原が図にのって、さらに要求したのかもしれません。また、一千万円が惜しくなったというのだって、考えられなくはありません」

「田宮が一緒だったと思いますか？」

と、十津川はきいた。

「いや、市川真代が、一人で会いに行ったんだと思います。ゆするほうは、女一人に、一千万円を持って来させたほうが安心ですからね」

「すると、殺したのは、彼女一人でということになりますか？」

「そうです。もちろん、田宮の指示があったんだと思いますし、一千万円の出所は、今いったように、田宮以外には考えられません」

と、三浦は、確信に満ちたいい方をした。

2

亀井たちは、都内のホテルを一つずつつぶしていく地道な捜査を続けていった。

真代が本名で泊まっているはずがないので、電話で問い合わせても仕方がない。実際にフロントに行き、彼女の写真を見せて、泊まり客の中にいないかどうかを、聞かなければならない。

新宿のビジネスホテルで、反応があった。

しかし、昨夜、写真の女によく似た泊まり客がいたが、今日の午前十時頃、チェックアウトしたという返事だった。

「チェックインなさったのは、午後九時半頃でした。そのあと、電話をかけていま
す」

　と、フロント係が緊張した声でいった。

「どこへだね？」

　亀井が、きいた。

「北海道へです。内容はわかりません」

「そして、今日の午前十時に、チェックアウトをしたんだね？」

「はい」

「そのときの様子は、どうだったね？」

「あまり、お休みにならなかったんじゃないかと思いますね。朱《あか》い眼をしていらっし
ゃいましたから」

「どこへ行ったか、わからないかね？」

「それはわかりませんが、タクシーをお呼びしました。私どもと契約している会社で
す」

　とフロント係がいい、そのタクシー会社を教えてくれた。

　大手のTタクシーの新宿営業所である。

亀井と西本は、そこへ足を運んだ。

今日の午前十時に、ホテルSに呼ばれて行った運転手というと、五十歳くらいの男が名乗り出てくれた。

亀井が、市川真代の写真を見せると、その運転手は肯いた。

「確かに、この人ですよ」

「どこまで乗せたのかな？」

と、亀井がきいた。

「それなんですが、乗ってから伊豆の熱川《あたがわ》に行くにはどう行ったらいいのかと、きかれましてね。私もよくわからなかったんですが、東京駅から電車があるような気がして、とにかく東京駅まで乗せました。東京駅に着いたら、やっぱりありましてね。特急の『踊り子号』というのに乗ったようですよ」

「車の中で、彼女は、どんなことを話したのかね？」

「列車の話だけですよ。熱川へ行く列車のね。生まれて初めて行くみたいなことをいってましたね。なんだか、不安そうな顔でしたねえ」

「熱川のどこということは、いってなかったのかね？」

「それは、してませんでしたね。向こうへ着けば、わかるんじゃないんですか」

と、運転手はいった。亀井は、その知らせを持って、警視庁に戻った。

「伊豆の熱川ね。そこに、何しに行ったんだろうか」

十津川は、首をかしげた。

「そこで、田宮と落ち合う気かもしれませんね」

と、道警の三浦がいった。

「すると、熱川に田宮の別荘か、よく利用する旅館でもあるのかもしれませんね」

十津川はいい、すぐ調べることにした。

田宮の下で働いていた男を見つけて、聞いてみると、十津川が予想したとおり、伊豆熱川に、最近になって、彼が別荘を買っていたという。

「奥さんにも内緒で買っていたみたいですよ」

と、その男は、十津川にいった。

「市川真代と、そこで会うつもりだったのかもしれませんね。それがうまくいかなくて、田宮は二人で、北海道へ逃げたんじゃないですか」

と、亀井がいった。

三浦と十津川は、今後の方針を検討した。

今すぐ、伊豆熱川で、市川真代を逮捕してしまうか、それとも田宮の別荘を監視していて、彼が北海道から来るのを待ち、二人を同時に逮捕するかである。

どちらにしても現地に、行っていなければならない。

まず、静岡県警に電話をかけ、こちらが向こうに着くまで、問題の別荘を監視してくれるように、頼んだ。

現在、時刻は午後七時を過ぎている。

直通の特急「踊り子号」は、すでに最終が出てしまっている。

十津川と亀井、それに三浦の三人は、東海道新幹線の「こだま」で熱海《あたみ》まで行き、そこから、タクシーに乗ることにした。

一九時五一分、東京発の「こだま515号」に乗った。

熱海着は、二〇時四三分である。

列車の中で、三人は、改めて今後の方針を検討した。

「私としては、できれば、二人を一緒に逮捕したいですね」

と、三浦がいった。彼は、田宮の逮捕状を持って来ていた。

「田宮も、必ず、北海道からやって来るとお考えですか？」

十津川はきいた。

「そう思っています。市川真代が田宮の別荘に隠れたのも、田宮の指示だと思います。あとからおれも行くと、いったんだと思いますね」

「それは十分に考えられますね。しかし道警は、北海道の空港は監視しているんでしょう？」

「もちろん、監視しています。向こうで逮捕できれば、それに越したことはありませんが、もし逃げられたとき、彼がやってくるのは、熱川の別荘だけだと思いますのでね」

と、三浦はいった。

三浦の意見を、尊重することになった。

北海道で田宮が逮捕されたという報告が入ったら、直ちに市川真代を逮捕する。

彼女が逃げようとした場合も同じである。

それ以外の場合は、監視を続けることになった。

熱海からタクシーに乗り、熱川に着いたのは午後九時半過ぎである。

伊豆熱川駅前に、静岡県警の刑事が待っていてくれた。

皆川《みながわ》という警部に、十津川と三浦が礼をいった。

「彼女は、別荘にいますか？」

と、三浦がきくと、皆川が、

「中で何をしているかわかりませんが、いることは間違いありません。別荘に明かりがついていますし、テレビの音がかすかに聞こえて来ています」

と、いった。

彼が運転して来たパトカーで、三人は田宮の別荘に向かった。

駅から車で十五、六分のところに、白い洒落《しやれ》た別荘が建っていた。

「TAMIYA」という表札が、門柱についている。

二人の県警の刑事が、近寄って来て、

「何の動きもありません」

と、その一人が皆川に報告した。

「中の様子はわかりませんか？」

三浦が、きいた。

「二階にいると思われますが、その他のことはわかりません」

「外部から、電話があったこともですか？」

「あまり近くまで近寄れませんのでね。近くに他の住居があればいいんですが」

と、若い刑事がいった。

十津川たちは、車を離れた位置に隠し、雑木林の中から、別荘を監視することにした。

幸い暖かい季節だし、別荘には塀はなく、低い竹垣で囲まれているだけなので、監視はしやすかった。

県警の刑事がいったように、別荘の一階は、門灯だけをのぞいて部屋には明かりは見えず、二階にだけ明かりがついていた。

「さっき家に近づいてみましたら、テレビの音がかすかに聞こえましたから、テレビをつけていることだけは、間違いないと思います」

と、静岡県警の刑事がいう。

やはり、市川真代は、事件についてのニュースを気にしているのだろう。

十津川たちは、交代で眠った。

3

夜が、明けた。

午前九時を過ぎて、市川真代が、別荘から出て来た。

亀井と三浦が、尾行した。彼女が逃げるようなら、その場で逮捕することにしていたが、彼女は、熱川の駅で朝刊を何種類か買って、別荘へ戻っただけだった。

三浦は、別荘の近くの公衆電話で、道警へ連絡をとってみた。が、田宮は、まだ逮捕されていなかったし、空港にも現われていなかった。

十津川も、亀井の買ってきた朝刊に、眼を通した。

市川真代が北海道を脱け出して、東京に来ていることは記事になっていなかった。

このほうが、田宮が、この別荘に来る確率が高いだろう。

昼近くになると、真代が二階の窓を開け、駅のほうに眼をやることが多くなってきた。

(電話で、田宮が北海道を脱出して、こちらへ来ると、真代にいったのだろうか?)

と、十津川は思ったが、夕方になっても、田宮は現われなかった。

二日目の夜になった。

雨が降り出してきた。

四人がパトカーの中に入ったが、残りの二人は、仕方なく大きな樹の下で雨をさけることになった。

依然として彼女は動く気配はないし、田宮が現われる様子もない。

三日目の朝がきた。幸い雨はやんだ。市川真代は、また駅まで歩いて行き、朝刊を買って戻って来た。往復で一時間ほどかけてである。

「ひょっとすると、彼女は、電話で、田宮と連絡がとれていないのかもしれませんね」

と、亀井がいった。

「朝刊を買っているからかい？」

と、十津川がきく。

「そうです。きちんと連絡がとれていれば、新聞が事件をどう書くかなんか、気にならないんじゃありませんか」

「それは、ちょっとおかしいと思いますがね」

といったのは、道警の三浦だった。

「なぜですか？」

亀井がきいた。

「田宮は、この別荘の持ち主だから、当然、電話番号は知っているはずですよ。まだ彼は捕まっていないんですから、どこにいても電話はできると思う。市川真代に、ここに隠れているようにいったのも、田宮でしょう。それなら、連絡がないというのは不自然ですよ」

「確かに、そのとおりです」

と、十津川が肯いた。

しかし、亀井は首をかしげた。

「それなら、なぜ彼女は、不安そうな顔をしているんですかね？　それが、わかりませんね。彼女は、田宮を愛していたからこそ、北海道まで一緒に逃げ、殺人までしたわけでしょう。それなのに、なぜ不安げなんですかね？　それがわかりませんね」

「田宮との仲が、おかしくなったんですかね？」

と、三浦がいったとき、静岡県警の皆川が、三人のところへ駈け寄ってきた。

「今、本部から、無線電話が入りました。北海道で、田宮が自首して来たそうです」

と、皆川が、大きな声でいった。

「本当ですか？」

「ええ、間違いありません。札幌で、自首したそうです。彼女はどうしますか？」

「もちろん、すぐ逮捕します」

と、三浦が興奮した口調でいった。

その三浦が先頭で、全員が、別荘に飛び込んで行った。

市川真代は、二階にいた。

「市川真代だね？」

と三浦が、確かめるように声をかけてから、

「君を、北海道での殺人容疑で、逮捕する」

と、いった。

真代は、青ざめながらも、きっとした顔で、三浦を見返した。

「田宮さんは、どうしました？　教えてください」

と、いった。

「札幌で、逮捕されたよ。逃げられないと観念したんだろうね。自ら出頭して来て、逮捕されたんだ」

三浦がいうと、真代は、信じられないという顔で、

「そんな――」

と、呟いた。

4

逮捕した市川真代は、いったん静岡県警に連行され、改めて札幌に移送されること

になった。

十津川と亀井は、三浦や皆川と別れて、東京に引き揚げることにした。

L特急「踊り子号」に乗った。

「なぜ、彼女は、あんな表情をしたんだろう?」

と、十津川は列車の中で考え込んだ。

「あんなというのは、逮捕されたときのことですか?」

と、亀井がきいた。

「そうだよ。三浦警部が、田宮のことをいったろう。札幌で自首して来たといったときだよ。彼女は、信じられないという顔をしたんだよ」

「あれは、私も見ていました」

「なぜだろう?」

「彼女は、田宮が自首するとは、思っていなかったからでしょう。当たり前の話ですが」

「しかし、田宮も彼女も、北海道で殺人を犯しているんだ。ひょっとすると、彼が自首するんじゃないかという気持ちは、あったと思うんだがねえ。ああやっぱりと思い、がっくりするというのは、よくわかるんだが、彼女は、明らかに驚いていたよ。

あれが、私には不可解なんだがねえ」

十津川は、しきりにそれに拘《こだわ》った。

亀井は、十津川の疑問が、わからないという顔で、

「いずれにしろ、田宮も市川真代も、逮捕されたわけですから、問題はないんじゃありませんか？」

という。

「それは、そうなんだがねえ。二人の間に、感情の食い違いがあったんじゃないかと思うんだよ」

と、十津川はいった。

「それはあったと思いますね。彼女のほうは、当然、田宮があの別荘へ来てくれるものと思って、じっと待っていたわけでしょう。それなのに、田宮が勝手に北海道で自首してしまって、なんだという気になったかもしれません。田宮のほうにしてみれば、北海道を脱け出して、あの別荘へ行きたかったんでしょうが、空港がどこも警戒されていて、もう駄目だと観念して、自首したんだと思いますよ。田宮にしてみたら、仕方がなかったんじゃありませんか？」

と、亀井はいう。

「それは、いいんだ」

「と、いいますと？」

「二人は、愛し合っていたわけだろう？」

「そうです。だからこそ、北海道まで逃げたんだと、思いますね。田宮の奥さんが私立探偵を使って、あんなに追いかけ過ぎなければ、こんな事件にはならなかったんじゃありませんか。それを考えると、田宮にしても市川真代にしても、可哀そうでないこともありません。奥さんもです」

と、亀井がいう。

「それは、同感だがね。もし、田宮と彼女が、本当に愛し合っていたのなら、田宮は、なぜ、自首するとき、彼女に電話して、それをいわなかったんだろう？」

「そういえば、そうですねえ」

「田宮は、彼女がこの別荘にいることを知っていたはずだ。彼が指示しないなら、彼女が、田宮の別荘に隠れるはずがないんだからね。それに、田宮は、突然逮捕されたわけじゃない。自首したんだ。いくらでも電話する時間はあったはずだよ。電話して、自分は自首するから、君は自由にしなさいとか、逃げなさいとか、いうべきじゃないかね？　愛し合っているんなら。それがなかったから、彼女がびっくりしてしまったんだろうし、田宮に裏切られたと感じて、あんな表情をしたんじゃないかと、思うんだがね」

と、十津川はいった。

「すると、北海道で逃げ廻っている間に、二人の間に、感情のずれが生まれたんでしょうか？」

と、亀井がいう。

「感情のずれねえ」

「男のわがままということも、あると思うんですが」

「どんなだい？」

「彼には、地位も金もあったわけです。市川真代と愛し合って、家も妻も捨てて、駈け落ちした。しかし、そのため殺人までしてしまい、すべてを失ってしまった。それを考えると、ふと、この女さえいなかったらと、突然、思ったとしても、不思議はないと思うのです。これは、あくまでも男のわがままだと思いますが」

「なるほどね」

「私も、子供のとき、おふくろに文句をいって、怒られたことがありました。おふくろは、苦労して、子供の私に、甘いお菓子を買ってくれていたのに、学校で虫歯が多いといわれたら、それをおふくろのせいだと思いましてね。それも勝手なわがままですね」

と、亀井がいう。

十津川は、笑って、

「カメさんのは、子供のわがままだろう。田宮の場合は大人のわがままというか、どうせ自首するんだからいいだろうという気かもしれないが、恋の逃避行をした市川真代に、まったく相談しなかったのは一つの裏切りだと、私は思うんだよ」

と、いった。

東京に着いたときは、午後一時を過ぎていた。

田宮と市川真代が、逮捕されたことで、一連の事件は解決してしまった。それに、捜査に協力したが、もともとは道警の事件である。

一刻も早く、警視庁に戻らなければならないということもないので、十津川は亀井と、東京駅近くの日本料理の店で、少しばかりおそい昼食をすませることにした。

すき焼きを頼み、二人が向かい合って食べているとき、テレビが、今日のニュースをアナウンスし始めた。

食事のときにテレビを見るのは、あまり好きではないので、十津川は、亀井とお喋

りをしていたが、突然、アナウンサーが、

〈――田宮容疑者は、自分は事件には無関係だと、主張しています〉

と、いったのに驚いて、テレビに眼を向けた。

田宮の顔が、画面に映っている。

〈――田宮容疑者は、自分が出頭したのは、犯人だと思われているのは心外なので、事情を説明するためだと、いっていますが、警察は、一連の事件は、田宮容疑者と市川真代容疑者が、二人で起こしたものと考え、追及していく方針です〉

亀井も、びっくりした顔で、テレビを見ていた。

「どうなってるんですか？　これは――」

「わからないが、田宮が、無実を主張しているのは確かなようだね」

「自首したんじゃなかったんですね」

「今頃、道警の三浦警部が、かっとしてるんじゃないかね。何をいってるのかと、いってね」

「田宮がシロを主張しているということは、当然、市川真代もシロだといっていることですかね？」

「そこが、わからないんだが――」

「北海道の事件ですから、これ以上、われわれが口をはさむこともないと思いますが、何か妙ですね」

「それは、田宮の主張が、どんなものかによるね」

と、十津川はいった。

5

十津川と亀井が、警視庁に戻ると、それを待っていたように、道警の三浦警部から電話が入った。

「どうも、妙な雲行きになって来ました」

と、三浦がいった。

「田宮のことは、ニュースで知りましたよ。市川真代は、どうなんですか？　彼女も殺していないといっていますか？」

十津川がきいた。

「彼女は、ずっと黙秘です。明日にも札幌へ連れて行こうと思っているんですが」

「田宮の主張は、どうなんですか？　何か、根拠でもあるんですかね？」

「道警本部に電話で連絡して聞いてみたんですが、田宮は、自分にはアリバイがあるといって、弁護士を呼ぶように要求しているようです」

「弁護士をですか？」

「木元和子という女の弁護士で、現在、北海道に来ています。市川真代を東京に逃がしたのも、この女だと見ているんですがね」

と、三浦はいった。

「それで、弁護士を呼ぶわけですか？」

「そうなるでしょうね。呼ばなくても、やって来ると思いますよ」

「田宮は、豊平峡ダムでの殺しについては、関係ないわけですね？」

「ええ。あれは、市川真代が犯人ですから」

「とすると、『北斗13号』の車内で私立探偵の石本功を殺した件と、札幌のホテルで田宮の妻が殺された件に、田宮が関係していると見ているわけですね？」

「そうです。市川真代も、共犯と見ていますが」

「その二件にアリバイがあるというのは、本当なんですかね？」

と、十津川がきいた。

「嘘に決まっていますよ。田宮以外に、動機のある人間はいないんです。二つの殺人事件で、利益を得たのは、田宮一人ですからね」

「しかし、三浦さん。田宮は、自信があるからこそ、自ら出頭して来たことも考えられますよ」

と、十津川は考えながらいった。

「そうですね。田宮が犯人であることは間違いありませんが、アリバイ工作をしてから、出頭したということは、十分に考えられます。それが、ちょっと心配なんですよ」

と、三浦はいった。

電話を切ると、十津川は、亀井と顔を見合わせた。

「三浦さんの心配が、よくわかりますね」

と、亀井がいった。

「田宮は、アリバイ工作をやって出頭して来たと、カメさんも思うかね？」

「思いますね。どうも、一筋縄《ひとすじなわ》じゃいかない男かもしれませんよ。最初は、家も妻も捨てて、愛情一筋という男に思えたんですが、これは大変な男なのかもしれません」

「逃げ廻っていたのは、アリバイ作りの時間かせぎだったのかな？」

「そうでしょう」

「本当にシロとは考えられないかね？」

と、十津川がいった。

亀井が、びっくりした顔で、

「そんなこと、あり得ませんよ」

「そうかねえ」

「そうですよ。田宮が犯人でなかったら、いったい誰が、私立探偵や彼の奥さんを殺すんですか？」

「それは、わからないが、気になるのは、田宮が、自ら出頭して来たことだよ。そして、無実を主張していることだ。よほど自信がなければ、逃げ廻っていたと思うのだ」

と、十津川はいった。

「ですから、彼がアリバイ作りをしたろうとは思います。しかし、彼はシロじゃありませんよ。第一、シロなら、なぜ、今まで逃げていたんですか？　逃げる必要はなかったんじゃありませんかね」

「そこのところは、わからないんだがね」

十津川は、言葉を濁した。

確かに、亀井のいうとおり、シロなら逃げたりはしなかったはずである。

だが、なぜか十津川は、不安になってくる。

ひょっとして、田宮は、シロなのではないのかと――。

6

道警の三浦警部は、逮捕した市川真代と共に札幌に戻った。

こちらの捜査本部の空気が、暗く重くなってしまっているのを、三浦は、敏感に感じ取った。本来なら、容疑者二人が逮捕されて、祝杯をあげていなければならないところなのである。

三浦は、すぐ、捜査本部長の木崎刑事部長に会った。

「状況は、どうなんですか？」

と、三浦がきくと、木崎は、

「田宮は、自信満々で、自分は無実と主張しているよ。弁護士も来ている」

と、渋い顔でいった。

「弁護士は、例の？」

「そうだ。木元和子という女の弁護士だ」

「田宮は、アリバイを主張しているんですか？」

「まあ、そうだ。三つの事件のうち、最後の水原健殺しは、市川真代が容疑者だから、田宮には関係がない。問題は、『北斗13号』の車内で殺された石本功の件と、札幌のホテルで殺された田宮はるみの件だがね。この二つの事件について、完全なアリバイがあると主張しているし、木元弁護士も、ちゃんとした裏付けがあるといっているんだよ」

「それは、確かなんですか？」

「今、調べているがね。どうも、田宮や弁護士の主張するとおりらしいんで、困っているんだよ」

と、木崎はいった。

「しかし、田宮が犯人でなければ、いったい誰が、二人を殺したんですか？」

三浦は、むっとした顔できいた。

木崎は、腕を組んで、

「全部、市川真代の犯行ということは、考えられないかね？」

と、きく。

「女一人が、三人もの人間を殺したわけですか？」

「田宮を独占したい一心でだよ。女だって、殺せないことはないだろう？」

「市川真代をこちらに移送してくる間、いろいろと話を聞いたんですが、豊平峡ダムで、水原を刺したことは認めています。それも正当防衛だと主張しています。しかし、あとの二つは、まったく無関係だといっていますね」

「今、二人は別々にしてあるんだったな？」

「相談して、口裏を合わせられると困りますから」

と、三浦はいってから、

「田宮は、どんなアリバイを主張しているんですか？」

と、きいた。

「まず。石本功の件だがね。この日、問題の時間には札幌市内のバーで、飲んでいたというんだよ」

「八時半から九時半までの一時間が、死亡推定時刻でしたね？」

「そうだ。『北斗13号』は、二一時一一分に札幌に到着している。午後九時十一分だ。つまり犯人は、この列車に乗って来て、札幌で降りる直前に、殺したのだろう。そして、札幌駅で逃亡したと考えられている。その時間に、田宮は、市内の『やよい』というバーで、飲んでいたというんだ」

「間違いないんですか？」

「この店のママの話では、間違いなく、問題の日の午後九時から十時まで、田宮が、飲んでいたといっている」

「信じられませんね。愛の逃避行に来ている男が、どうしてバーなんかで、一時間も飲んでいたんですか？」

「それについても、こういっている。この日、市川真代は一緒だったが、このままでは彼女に悪い。どうしたらいいかひとりになって考えたくて、ちょっと用があるからと嘘をいって別れ、ひとりで飲みながら、考えていたというのさ」

「しかし、よりによって、死亡推定時刻の一時間、バーで飲んでいたというのは、おかしいですよ」

と、三浦はいった。

「しかし、この店のママは、絶対にこの時間に田宮が店にいたと、いってるらしいよ。あとで君も調べてみてくれ」

「もちろん、会って来ます」

と、三浦はいってから、

「ホテルでの田宮はるみの件は、どうなんですか？」

「この日、彼女と話をつけるために、ホテルへ出かけたが、今、彼女と会うと、結局ケンカになってしまう。それにホテルの近くで弁護士の木元和子に会ったので、近くの喫茶店で、彼女と話し合ったといっているんだよ」

「それは、間違いないんですか？」

「木元和子は、そのとおりだといっている」

「田宮の弁護士のいうことなんか、信用できませんよ」

「わかってるさ。それで今、田宮のいう喫茶店を調べているんだよ」

と、木崎はいった。

7

刑事たちが、捜査本部に戻って来た。どの刑事の顔も、元気がなかった。

その一人、佐々木《ささき》刑事に向かって、三浦は、

「うまくいかなかったみたいだね？」

と、きいた。

「はい。アリバイはかたいですね」

「本当なのか？」

「あのホテルから、五十メートルほど離れたビルの二階にある『エビアン』という喫茶店です。かなり大きな店で、オーナー夫婦とウェイトレス三人でやっています。この全員に聞いたんですが、事件の日の午後六時頃に、田宮と木元和子がやって来て、大切な話をしたいので、静かな席はないかといったというのです。それでいちばん奥のテーブルに案内したというわけです」

「そこに、何時まで二人はいたんだ？」

「午後十時に店を閉めたが、そのときまでいたといっています。申し訳なかったといって、田宮が、一万円置いていったそうですよ」

「午後六時から十時まで、四時間もいたのか？」

「そうです」

「その間に、片方が抜け出したということはないのかね？」

と、三浦はきいた。

「そのことは、念を入れて、何回も確認しましたが、一番奥のテーブルで、カウンターの前を通らなければ店を出られない。一人が抜け出せば、すぐわかるといっていますね」

と、佐々木刑事はいう。

「どうも臭いなあ。よりによって、その日に四時間も弁護士と話しているというのはねえ」

と、三浦はいった。

「同感ですが、アリバイは完全です」

「その喫茶店の夫婦と田宮は、特別な関係はないのかねえ？」

と、三浦はきいた。

「今、調べていますが、出て来ません。念のために、木元弁護士の線も洗ってみていますが、こちらも出て来ません」

「田宮は、シロなのか」

三浦は眉をひそめた。そんなはずはないという気持ちが、三浦にはある。

アリバイを作ってから、警察に出頭して来たのだという気がするのだ。

三浦は、佐々木を連れて、その喫茶店に行ってみた。きれいな、若者に好かれそうな店だった。大きな窓ガラスで、その傍に居ると、ビルの二階なので、通りを歩く人たちを、見下ろす感じになる。

三浦は、まず店のオーナーの夫婦に会った。

夫のほうは、大和田《おおわだ》伸一《しんいち》という名前で、四十歳。網走《あばしり》の生まれだという。

趣味に絵を描いているとかで、店のあちこちに、彼の風景画がかかっていた。

なかなか、うまい絵である。

妻のきみ子は、小柄で物静かな感じだった。

この二人が、嘘をついているようには見えなかった。

三浦は、事件の日に、田宮と木元和子が座っていたというテーブルを見せてもらった。

一つだけ、店の奥に設けられた席である。

確かに、出入りには、カウンターの前を通らなければならないようになっている。

「十時まで、いたんですね？」

と、三浦はきいた。

「ええ、うちは十時がカンバンなんですが、そのときまで、間違いなく、お二人ともいらっしゃいましたよ」

と、大和田がいった。

「間違いなく、田宮と木元和子だったんですね？」

「女弁護士の方からは、名刺をいただいていますわ」

と、妻のきみ子はいい、その名刺を見せてくれた。なるほど、肩書つきの木元弁護士の名刺である。

「申し訳なかったといって、田宮は、一万円置いていったようですね？」

「ええ。いらないといったんですが、こんなに長く使って申し訳ないといわれて、無理やり、置いていかれたんですよ」

と、大和田がいった。

「二人が何を話していたか、わかりませんか？」

「わかりませんね。しかし、お二人とも難しい顔をしていらっしゃいましたよ」

と、大和田はいった。

三人のウェイトレスの証言も同じだった。確かに十時まで、この店にいたという。

「しかし、二人の片方が席を外したことはあるんでしょう？　たとえば、トイレに立ったりしたことも、なかったんですか？」

「それもありませんでしたよ。ずっとお二人とも、あのテーブルを離れませんでしたね。よほど、大事なことを話していらっしゃったんだと思いますね」

と、大和田はいった。

この夫婦や三人のウェイトレスが、嘘をついているとは、考えにくかった。

礼をいって店を出ると、佐々木が、

「どうでした？」

と、三浦にきいた。

「困ったよ。田宮は、奥さんを殺してなかったのかねえ」

「犯人は、市川真代だと思いますね。ルーム係が見つけたとき、彼女は、田宮はるみの部屋にいたんですから」

と、佐々木はいった。

捜査本部に帰った三浦は、取調室で、市川真代に会った。真代は、窶《やつ》れているようだったが、三浦を見ると、

「田宮さんは、どうしています？」

と、きいた。

「彼は、石本功も奥さんも、殺してないといってるよ」

と、三浦がいうと、真代は急に明るい表情になって、

「彼は、シロに決まってますわ」

「しかし、田宮がシロだとすると、残るのは君だけになってしまうんだよ。君が、ひとりで、田宮の奥さんも石本功も、殺したのかね？」

三浦は、厳しい声できいた。

「私も殺していません。水原という私立探偵だけは殺しましたけど、あれだって私をナイフで脅して、もみ合っているうちに、刺してしまったんです。正当防衛ですわ」

と、真代は主張した。

「しかし、君がいっているだけだ」

「あのとき、私が持っていたテープレコーダーを聞いていただければ、私が殺したんじゃないことが、わかりますわ」

「そのテープレコーダーなら、聞いているよ。機械はこわれていたが、中のテープは、無事だったからね」

「それなら、私が最初からナイフで刺す気じゃなかったことは、わかるはずですわ」

と、真代はいう。

「では、一緒に聞いてみるかね？」

と、三浦はいい、テープレコーダーとテープを持ってきた。

三浦は、そのテープをかけた。

いきなり、男の言葉で始まるテープだった。

〈——おれは、全部知ってるんだよ。あんたが田宮とここまで逃げて来て、追いかけて来た石本という探偵や、田宮の奥さんを殺したことをね。あんたは、激しい性格だ。だから、かっとして、二人を殺したのさ。特に、あのホテルで、田宮の奥さんを殺したときは、あんたがホテルへ入るところも、真っ青な顔で飛び出してくるところも、この眼で見ているんだよ。おれが警察で証言したら、たちまちあんたは、殺人容疑で捕まっちまうぜ。——これで、一千万円じゃ安い。安すぎるね。あと一千万、欲しいね。二千万円で、刑務所へ行かなくてすむんなら、安いもんじゃないか——おい！　ナイフなんか取り出して、どうするんだ！　おれを殺す気か？　おれを殺して、口封じをする気か？　あっ——〉

「違うわ！」

と、真代が、叫んだ。

三浦は、テープを止めてから、真代を見すえて、

「違うって、どこが違うんだ？」

「ぜんぜん違いますわ。私は、この男が、田宮さんの奥さんも石本功も、殺したんだと思って、テープレコーダーを隠して持っていて、自白させようとしたんです」

「それで、水原は、君の誘導訊問《じんもん》で、自白したというのかね？」

「はっきりとはいいませんけど、奥さんは、殺したかもしれないみたいなことを、いったんです。そのあと、私がテープレコーダーを隠しているのに気がついて、叩きつけてこわし、かっとして、ナイフを取り出したんですわ。だから、テープには、私とあの男の会話が入っているはずなんです」

「しかし、この声は、水原健の声だよ。それは、間違いない」

「でも、違いますわ！」

と、真代は叫んだ。

「君の主張が正しいことを、どうやって証明するね？」

三浦がきくと、真代は、考え込んでしまった。

「テープレコーダーのことは、木元弁護士さんが知っていますわ。あの人が持って行

くようにいったんですから。それに、一千万円もあの人が都合してくださったんです」

と、真代はいった。

三浦は、訊問を切りあげると、札幌のホテルに泊まっている木元和子に会った。

三浦が、テープレコーダーのことを話すと、木元和子は、

「それは、彼女のいうとおり、私がテープレコーダーを隠して持って行きなさいと、すすめたんですわ。彼女や田宮さんに、有利な証言を水原から引き出せるかもしれませんからね」

「彼女は、ナイフを取り出したのは、水原のほうで、もみ合っていて、ナイフが水原に刺さってしまったから、正当防衛だといっていますが、その点は、どう思いますか？」

「私も、正当防衛だと思っていますわ。彼女がナイフを持って、水原に会いに行ったとは、考えられませんから」

と、和子はいった。

「一千万円は、あなたが用立てたそうですが？」

「ええ。私が、作りましたわ。彼女にできるはずがありませんもの」

「田宮の奥さんが殺されたときですが、あなたと田宮は、あのホテルの近くの喫茶店で話し込んでいたと聞きましたが、間違いありませんか？」

と、三浦はきいた。

「ええ、そのとおりですわ。あのホテルの前で、田宮さんに会いましたわ。血相が変わっているので、今、会わせたら大変なことになると思って、近くの喫茶店に連れて行ったんですわ。おかげで、田宮さんに、奥さんを殺させずにすみましたけど」

「何を話していたんですか？」

と、三浦はきいた。

「私は、一度奥さんに会って、きっちりと話をつけなさいと、田宮さんにいったんですよ。逃げてばかりいたのでは、いつまでたっても解決しないといいましたよ。その代わり、全財産は奥さんにあげなさいってね。彼もそれは同意したんです。もしあの夜、奥さんが殺されなければ、多少ごたごたがあっても、田宮夫婦は、きっちり別れていたと思いますわ」

「すると、田宮は奥さんを殺していないというわけですか？」

「ええ。もちろん。それに、石本功という私立探偵もですよ。居所が見つかったくらいで殺しますか？　そんな簡単に、人は殺しませんよ。警部さんだって、そう思うでしょう？」

和子は、逆にきいた。

「なんともいえませんね」

とだけ、三浦はいった。

木元和子は、自信満々に見えた。

三浦は黙って、引き下がるより仕方がなかったが、ふと、「裏切り」という言葉が、頭をよぎった。はっきりしないが、誰かが、誰かを、裏切っているのではないのか？　そう感じたのである。

第七章　再検討

1

「道警の三浦です」

と、電話の声がいった。

十津川は、吸っていた煙草をもみ消してから、

「田宮のアリバイは、どうなんですか？　成立しそうなんですか？」

「慎重に調べていますが、どうも、彼のいうアリバイは崩せそうにないんです」

と、三浦はいう。

「すると、田宮はシロですか？」

「アリバイが成立しそうなので、このままではシロと断定せざるを得ません」

「市川真代のほうはどうですか？　彼女のアリバイは？」

と、十津川はきいた。

「私立探偵の石本功と、田宮の奥さんの殺しについては、今のところ半々です。特に田宮はるみ殺しについていえば、彼女が殺された部屋に、市川真代がいたわけですから、容疑は濃いと思っています。市川真代は、自分が来たときは、もう殺されていたといっていますがね。豊平峡ダムでの水原健殺しについては、これは、市川真代が犯人であることが、はっきりしています」

「つまり、三つのうち、二つについては、犯人であるはずだと？」

「そうです」

「しかし、三浦さんは、何か割り切れない感じを持たれているわけですね？」

十津川がきくと、三浦は、

「そうなんです。割り切れません」

「どこがですか？　田宮も犯人でなければ、おかしいということですか？」

「笑われるかもしれませんが、ここ二、三日、私の耳元で声が聞こえるんです。『裏切り』という声がです」

「裏切りですか？」

「ええ」

「それは、田宮が、市川真代を裏切ったということになりますか？」

と、十津川はきいた。

「突きつめていくと、そうなります。私が感傷的なのかもしれませんが、田宮の態度が許せないような気がするんですよ。二人は、愛し合って北海道へ駈け落ちしたわけです。市川真代が、追って来た私立探偵や、田宮の奥さんを殺したとしても、それは田宮との愛を守ろうとしてだと思うんです。田宮にだって、それはわかっているはずですよ。それなのに、自分だけ助かろうとする気持ちが許せないんです。自分にはアリバイがあるから、事件には関係ないというものじゃないと思うんですよ」

三浦は、熱っぽくいった。腹を立てているのが、よくわかった。

「それで、裏切り――ですか？」

「そうです」

「しかし、冷静に見れば、アリバイのある田宮は、シロでしょう？」

「そうなんですが、すっきりしません」

「しかし、三浦さん。殺人事件で、いちいち腹を立てていたら、どうしようもありませんよ。私も、ときどき、腹を立てますが」

と、十津川はいった。

「わかっていますが、すっきりしないんですよ。どうも、田宮は最初から、市川真代を愛していなかったんじゃないかとさえ、思えてくるんです」

と、三浦はいった。

「すると愛もなしに、北海道へ駈け落ちしたというわけですか？」

十津川は、三浦の言葉に興味を覚えた。

「そうです」

と、三浦はいう。

「面白い見方ですが、証拠はありますか？」

「いや、ありません。それで、十津川さんに電話したんです。もう一度、北海道へ来る前の二人のことを調べてくれませんか。二人の間に、本当に愛があったのかどうかです」

「しかし、なかったとわかっても、田宮にアリバイがある限り、クロにはできませんよ」

「それはわかっています。ただ、自分自身納得したいだけなんです。それだけで、こんなことをお願いするのは気が引けるんですが」

「かまいませんよ。幸い、今、事件が起きていませんから調べてみましょう」

と、十津川はいった。

2

十津川は、亀井と二人だけで、調べることにした。他の刑事たちまで、使うわけにはいかなかったからである。

「三浦警部の気持ちは、よくわかりますよ」

と、亀井が十津川の話をきいていった。

「カメさんなら、よくわかるかもしれないね」

「正しい者が勝ってほしいと思いますからね。同じように、優しい者が幸せになってほしいと思うんですが、現実はなかなかそうはいきません」

「現実は、逆になることが多いものさ。正しい者は負けることが多いし、優しい人ほど、不幸になる」

「それを、われわれで、少しでも是正できればと思っていますが」

と、亀井がいった。

「今度は、カメさんの願うとおりになるかどうか、わからないがね」

「田宮のことを、調べるわけですね」

「田宮と市川真代の関係、その辺だよ。田宮に関することはすべて知りたいね」

「まず、どこから始めますか？」

「田宮は、中央興産の営業課長だった。その地位を捨てて、ＯＬの市川真代と駆け落ちした。その辺から、調べていこうじゃないか」

と、十津川はいった。

二人は、中央興産へ行ってみた。

「エリート社員の地位を捨てたのは、一種の美談ですがねえ」

と、途中で亀井がいった。

中央興産は中堅の商事会社である。その営業課長といえば、亀井のいうように、エリート社員である。その地位を捨てたのだから、彼の愛情は本物に見えるのだが、

「いや、あのときは、びっくりしましたよ」

と、同期で中央興産に入り、現在、販売課長の石原《いしはら》は、大げさに肩をすくめて見せた。

「どんなふうに、びっくりしたんですか？」

と、十津川はきいた。

「そりゃあ、何もかも捨てて、駈け落ちしたからですよ。課長の椅子も、家族もね。あんな真似は僕にはできません」

「そんなことをする人間だと、前から思っていましたか？」

「いやぜんぜん思っていませんでしたねえ」

と、石原はいう。

「駈け落ちなんかするような人間じゃないと、思っていたわけですか？」

「そうですよ。冷静な男だし、むしろ僕なんかより、計算高いと思っていましたからね」

「しかし、若いＯＬと駈け落ちしていますよ」

「だから、びっくりしたんです。女好きでしたが、浮気はしても、本気になるとは思っていませんでしたね」

「市川真代さんを、知っていますか？」

「知っていますよ。田宮の下で働いていたＯＬだからね。美人で、魅力がありましたね」

「それなら、田宮さんが、彼女と駈け落ちしたのも、わかるんじゃありませんか？」

「今になればわかりますが、最初に聞いたときは、びっくりしましたよ。田宮は、女は遊び相手と、割り切ったようなことをいつもいってたし、他に女もいましたからね」

「他の女って、誰なんですか？」

「よく利用するクラブのホステスですよ。お得意の接待に使う銀座のクラブです。てっきり、本命は彼女だと思っていたんですがね」

と、石原はいった。

「何という女性ですか？」

「クラブ『綾《あや》』のケイコという女です。本名は知りませんよ。とにかくすごい美人です」

「市川真代よりもですか？」

「ええ。僕なら、彼女よりケイコのほうをとりますがね」

と、石原はいった。

その日の夜、十津川と亀井は、銀座の「綾」に行き、ケイコに会った。

確かに、色白で彫りの深い、魅力的な顔をした女だった。背もすらりと高い。

市川真代も美人だが、恋人としては、ケイコのほうが魅力的だろう。

十津川は、そんなことを考えながら、ケイコに向かって、

「田宮さんのことを、聞きたいんだがね」

と、いった。

「田宮さんの何を、聞きたいの？」

ケイコは、身構えるように表情をかたくして、十津川を見た。

「君は、彼と親しかったんだろう？」

と、亀井がきいた。

「さあ、どうかしら？」

「彼が、市川真代というOLと駈け落ちしたと聞いたとき、どう思ったね？」

十津川がきくと、ケイコは眉を寄せて、

「バカだと思ったわ」

「それは、君を選ばなかったからかね？」

「違うわ。彼はね、損なことはしない男なの。その点は実にシビアだったわ。金持ちの奥さんと一緒になったのだって、愛情より金だったって、いってたわ。そんな男が家も地位も捨てて、OLと駈け落ちするなんて、信じられなかったわ。だから、バカだと思ったの」

「君と駆け落ちすると思っていた人間もいたようだがね」

と、亀井がいうと、ケイコは笑って、

「あたしが何億もの財産を持っていたら、家族を捨てて、あたしのところへ来たかもしれないけど」

「奥さんは、何億も持っていたわけかね？」

と、十津川がきいた。

「あたしは、聞いただけだけど、あの広い家も、もとは奥さんのものだったというし、何億どころか、何十億という財産だってことだわ」

「その財産を捨てて駆け落ちしたんだから、そのＯＬと本当に愛し合っていたとは思わないかね？」

「思えないわ」

「市川真代を知っているのかね？」

「会ったことはないけど、彼から聞いたことがあるわ」

「どんなふうにだね？」

「元、自分の部下だった女に、まといつかれて困っているんだって、聞いたことがあったわ。ちょっと可愛い顔をしているんで、親切にしたら、向こうは、すっかり恋人気取りで、参ったよって、笑ってたことがあるの。それが、多分、市川真代って女だと思うけど」

「それは、本当だろうね？」

と、亀井が念を押した。

「嘘をついたって、仕方がないじゃないの」

「田宮さんが、君にその話をしたのは、いつのことかね？」

と、十津川がきいた。

「三ヵ月ほど前のことだわ」

「すると、そのあと、すぐ駈け落ちしたことになる」

「だから、バカみたいだと思ったのよ。彼がその女を愛していたなんて、信じられないもの」

「田宮さんの夫婦仲は、どうだったのかな？」

「冷え切っていたと思うわ。奥さんについては、悪口しか、聞いてなかったわ」

「君にいわせると、彼は、市川真代も愛してなかった。いったい、彼は本当は誰を愛していたんだね？」

と、十津川はきいた。

「そんなこと、知らないわ。でも、奥さんもそのＯＬも、愛していなかったはずだわ」

「じゃあなぜ、札幌まで、駈け落ちしたんだろう？　君の考えを聞きたいね」

「きっと、市川真代という女にしがみつかれて、仕方なく逃げたんじゃないかしら？」

「田宮さんは、女に泣きつかれると、負けてしまうような性格でしたか？」

と、十津川がきくと、ケイコは笑って、

「そんな男なら、あたしがとうに彼の後妻におさまってるわ。奥さんを追い出してね」

「すると、彼は、女に対して、冷たい男だったということになるのかね？」

「冷たいというより、計算高いということね。自分の損になることはしない男だわ。だから、ＯＬと駈け落ちしたなんて、信じられなかったわ」

「だが、したんだよ」

「ええ。だから、バカみたいなの」

ケイコは、首をすくめて見せた。

疑問が生まれた。

同僚やケイコの証言によれば、田宮はプレイボーイで、ＯＬの市川真代など、本気で愛してはいなかったことになる。

その彼女と、なぜ駈け落ちしたのか？

真代が、妊娠したわけでもない。

なぜ、田宮は、彼女と札幌へ駈け落ちしたのか？　今度は、その謎を解かなければならなくなった。

3

十津川と亀井は、会社で市川真代と親しかった友人に会ってみることにした。市川真代の側から、今度の事件を見てみたかったのだ。

真代と同じ頃に中央興産を辞めて、結婚した大竹昭子《おおたけあきこ》という女性に会った。彼女は、今、世田谷区代田《だいた》のマンションに住み、子供を産んだばかりだった。その子供を膝《ひざ》の上であやしながら、質問に答えてくれた。

「彼女が辞《や》めたのは、田宮さんのことがあったからですわ」

と、昭子は断言した。

「彼女が、そういったのかね？」

十津川がきいた。昭子は肯いて、

「辞めたとき、彼女の口から聞きましたわ。これ以上、会社にいると苦しいから、辞めるって」

「そのとき、田宮さんと駈け落ちするという話を聞いたのかね？」

「いいえ。あのときは、彼女、田宮さんのことは、諦めてたわ」

「なぜ？」

と、亀井がきく。

「だって田宮課長はプレイボーイで、本気で真代のことを愛しているとは思えなかったわ」

「しかし、駈け落ちした？」

「彼女が会社を辞めたとき、私は、いってやったの。すごすご身を引くことなんてないって。田宮課長の家に乗り込んで、慰謝料をうんと取ってやりなさいってね」

「そのとき、彼女は何といったんだね？」

「そんなことできないって、寂しそうに、笑ってたんです。ところが、それからすぐ私に電話して来て、嬉しそうにいったんです。田宮課長から電話が掛かってきて、本当に好きなのは君だって、いってくれたって」

「なるほどね」

「私は、田宮課長が何か利用しようとして、そんな甘い言葉をいったんだと思いましたけど」

と、昭子はいった。

「なぜ、利用しようとしたに違いないと、思ったのかね?」

と、十津川がきいた。

「だって田宮さんという人は、そういう人なんです。それに、真代には悪いけど、彼女は田宮さんの好きなタイプじゃないもの。真代が夢中になっているだけで田宮さんのほうは、ただの遊びだったと思っていたの。だから、また彼女がいいように利用されて泣きを見るんじゃないかと、思ったんです」

「しかし本当に、二人は駈け落ちした?」

「ええ。だから、びっくりしましたわ」

と、昭子はいった。

十津川と亀井は、次に田宮と市川真代をよく知っている男に会った。

以前、営業課で働いていて、現在、脱サラして喫茶店をやっている森山《もりやま》という三十歳の男だった。

「田宮課長は、頭の切れる人ですよ。しかし、冷たい男でもありましたね」

と、森山はいった。

「どこが、どんなふうに、冷たかったんですか？」

と、十津川はきいた。

「課員の一人が、ミスしたことがあったんです。普通だと上司である課長がかばうものですが、田宮さんはまったくかばいませんでしたね。その課員は、結局、辞めることになりましたが」

「女にも、冷たかったんですか？」

「ええ。女好きでしたが、冷たかったですね。いつだったか、酔って、僕に女のことで、お説教したことがありましたよ。女に、本気で惚れちゃいけない。利用するんだって」

「市川真代さんは、どんな女性ですか？」

と、十津川はきいた。

「可愛らしい女性ですよ。今どきの若い娘には珍しく、純粋でしたね。だから、田宮さんと一緒に、駈け落ちしたんじゃありませんか」

「しかし、駈け落ちなら、田宮さんも真剣だったんじゃありませんか？」

と、十津川がきくと、森山は笑って、

「僕は、田宮という人をよく知っていますからね。彼が、若い女との愛を貫くために、家も地位も捨てて駈け落ちするなんて、信じられませんね」

「しかし、地位も家も捨てて、市川真代さんと札幌へ行っているんですよ」

「だから、僕は、何か企《たくら》んだんだなと思いましたよ」

「何をですか？」

「それは、わかりませんが」

「本当の愛情とは、思いませんでしたか？」

と、十津川がきくと、森山は肩をすくめて、

「思いませんでしたね。そんな男じゃないと思っていましたからね」

と、いった。

どうやら、田宮が市川真代を欺《だま》したのではないかという空気があるのは、わかってきた。誰に聞いても、田宮があんな駈け落ちをするとは思っていなかったという。

「カメさんの考えを聞きたいな」

と、森山と別れたあとで、十津川が亀井を見ていった。

近くの喫茶店に入って、コーヒーを飲みながら、亀井は、

「二つ考えました」

「どんなふうにだね？」

「一つは、田宮が純粋に愛情から、駈け落ちしたという考えです。彼の周囲の人間はみんな、田宮を冷たく打算的な男だといっていますが、本当は、純粋な気持ちを持ち合わせていたのかもしれません」

「もう一つは、田宮が、企んだということかね？」

「そうです。田宮は、市川真代なんか、ただの遊び相手としか見ていなかった。ところが、何かを企み、そのために彼女を利用することを考えた。それで、突然、彼女に電話をして、本当に愛しているのは、君だけだといった。田宮を愛していた真代は、有頂天になってしまった。そして、北海道への駈け落ちという設計図にのってしまった」

と、亀井はいう。

十津川はコーヒーカップを置き、煙草に火をつけた。

「前者なら、われわれが立ち入ることはないわけだ。問題は後者だね。市川真代が利

用されたわけだから、田宮がもし何かを企んで、元部下の彼女と、札幌に駈け落ちしたとすると、狙いは何だったんだろう？」

「友人たちの話だと、田宮は、打算的だといいます。その辺に狙いがあったんじゃないかと、思いますが」

「金か？」

「そうです」

「しかし、彼はエリート社員の地位も家族も、捨てて駈け落ちしたわけだよ。一見、逆の方向に突っ走ったように見えるがねえ」

と、十津川はいった。

「そこが、ミソだったんじゃありませんかね。誰でも、田宮は純粋な愛情で動いたと思う。市川真代も、もちろんそう思ったでしょうし、われわれもそう考えた」

「まあ、それは、そうだが――」

「結果的に、田宮は、妻のはるみが死に、莫大な財産を手に入れています。しかも、市川真代が殺人罪で逮捕されていますから手が切れる。もしそれが狙いだったとすれば、まんまと成功したことになります」

「妻を殺して、全財産を、自分一人のものにすることがかね？」

「しかし、危険な賭けだったとは思わないかね？」

「そうです」

と、亀井が肯く。

「そうですね。もし妻のはるみが腹を立てて、離婚手続きをとってしまったら、田宮は全財産を失い、おまけに、エリート社員の地位も失ってしまいますからね」

「田宮は頭が切れて、打算的な男だという。そんな男が、こんな危険な賭けをするだろうか？」

十津川は、考え込んだ。

亀井も、黙ってしまった。

確かに、結果的には妻のはるみは殺されて、妻の財産は田宮のものになった。だがそうなる確率は、ひどく少なかったのではないのか？

十津川は、しばらく、黙って煙草を吸い続けていたが、

「確率が、高かったのかもしれないな」

と、いった。

「と、いいますと？」

「田宮が駈け落ちすれば、妻のはるみが必ず追いかけて来るとわかっていたら、それ

ほど、危険な賭けじゃなくなるかもしれないだろう？」

「それはそうですが、人間の気持ちは、どう変わるか、わかりませんからね。そんな相手の気持ちに、賭けられるものでしょうか？」

と、亀井が、首をかしげた。

「田宮が妻は自分に惚《ほ》れていて、必ず追いかけてくるという確信を持っていたら――？」

「しかし、妻のはるみが、バカらしくなって追いかける代わりに、離婚届けにハンコを押すかもしれません」

「そうだな」

と、十津川はまた考えていたが、急に眼を光らせると、

「スパイがいたのかもしれない」

「スパイ――ですか？」

亀井が、変な顔をした。

「スパイといういい方は、おかしいかもしれないな。共犯者がいたといったほうがいいかもしれない」

「共犯者というと、木元という女弁護士ですか？」

「いや、あの弁護士は、金で傭われて、田宮に都合のいいように動いているだけだと思うね。もっと身内にいる人間だよ」

と、十津川はいった。

亀井も、急に、眼を輝かせて、

「原田みどり――ですか？」

「そうだよ。田宮はるみの従妹《いとこ》の原田みどりだ」

「田宮邸を訪れたとき、出て来て、応対した女ですね」

と、亀井がいった。

田宮はるみが札幌で殺されたあと、十津川と亀井は、田宮邸へ行った。

そのとき、出て来た女である。

「なかなか、美人だったよ」

と、十津川はいった。

「それに、二十五、六歳と、若かったですね」

と、亀井もいう。

「今、思い出しているんだが、あのとき、原田みどりはしきりに、田宮は本当は妻のはるみを愛していて、市川真代の強引さに引きずられて、仕方なく駈け落ちしたんだといっていた」

「田宮から、かかって来た電話の声も、聞かされましたね」

「考えてみれば、いちいち、そんな電話の内容をテープにとってあるというのも、おかしいんだよ」

「あのテープの中で、田宮はしきりと、妻への未練を口にしていた」

「それに、市川真代の強引さに負けたともいっていましたね」

「あれは、今から考えると、いざというとき、裁判官の心証を良くするための布石でなかったかと思うね。本当は、妻を愛していたんだから、殺すはずがないとね」

「そうですね」

「もう一つ、原田みどりは田宮はるみに働きかけて、札幌へ探しに行くように、すすめたんじゃないかね。もしはるみにとって、唯一の相談相手が従妹の原田みどりだったとすれば、彼女のいいなりに動いた可能性は強いね」

と、十津川はいった。

「私立探偵を傭ったのも、原田みどりの入れ知恵だったんですかね?」

「一人だけ傭ったのは、そうだろうと思うよ。だが原田みどりは、もう一人傭ったんだ。多分、田宮としめし合わせてね」

と、十津川はいった。

少しずつ、彼の頭の中でパズルが完成していくような感じだった。

図式が、わかってくるのだ。市川真代を利用して妻を殺し、財産を手に入れるという図式がである。

まず、原田みどりは、田宮はるみに、私立探偵を傭って、田宮と市川真代を探しなさいとけしかける。

もちろん、原田みどりが田宮としめし合わせていれば、居所は知っていたはずだが、それではすぐに疑われる。それで、私立探偵に探させるという図式が必要だったのだ。

石本功を、そのために傭い入れた。

ところが、もう一人、原田みどりは私立探偵を傭った。

水原健である。

水原は、おそらく大金を積まれ、ただ単に田宮たちを見つけ出すためでなく、もっと大きな仕事を頼まれていたのではあるまいかと、十津川は思った。

「田宮にはアリバイがあって、妻のはるみや石本功を殺していないという。だから殺したのは、市川真代だといわれているが、もし、すべてが、田宮が計画したことなら、殺したのは、水原健という私立探偵だと思うね」

と、十津川はいった。

「最後に、その水原健を殺して、その口を封じたことになりますか？」

「そうだ。これで田宮にしてみれば、万々歳じゃないかね。妻は死に、全財産は田宮のものになった。しかも利用した市川真代は、少なくとも水原健を殺した犯人ということになって、田宮は手が切れたわけだからね」

「もし、すべて田宮の計画だとすると、市川真代が水原健を殺したというのも、怪しくなって来ますね」

と、亀井はいった。

「水原は、田宮と市川真代を脅迫したことになっている。一千万円を要求し、真代はその金を弁護士の木元和子から渡され、豊平峡ダムに持って行った。これも田宮の書いた筋書だとすると、見方を変えなければならないね」

「そうです。まったく、見方を変える必要があると思います。水原自身も、利用されていたわけですから」

と、亀井も考えながらいった。

4

「水原健が、大金で傭われ、石本功と田宮はるみを殺したんだと思う」

十津川は、ゆっくりと話した。一つ一つ確認しながら、話を進めていかなければならない。

「その石本功殺しですが、あれはどう考えても、計画的だったとは思えませんが」

と、亀井がいった。

「その点は、同感だよ。あれは田宮にとっても、予期せぬことだったんだと思う」

「それは、中島公園で、真代と一緒のところを、石本功に見つかってしまったことですね」

「そうだ。田宮は、あわてたと思うね。下手をすると、周到に練った計画が、すべて駄目になってしまうからだ。なんとしてでも、石本功を始末しなければならない。といって、自分が殺しに走ることもできない。そこで水原にやらせることにしたんだと思うね」

「水原に直接、指示したんでしょうか？」

と、亀井がきく。

「いや、そのとき水原は、北斗13号で、札幌に向かっていたはずだよ」

「とすると、田宮が連絡したのは――」

と、亀井は考えてから、

「妻のはるみを監視させている原田みどりですね」

「そうだ。みどりだと思う。みどりもあわてて、北斗13号に乗っている水原に連絡したんだろう」

「しかし、どうやってですか？」

「あの列車には、電話がついている。連絡をとることは出来たはずさ。水原にどうしたらいいか、相談したんだと思うね。そして二人で考えついたのが、北斗13号の車内での殺しだよ」

「石本功は、この列車に乗っていなかったはずですから、札幌駅に着いたとき、あたかもずっと乗っていたように見せかけて、殺したんですね？」

「他には、考えられないね。石本も、原田みどりが田宮と組んで、はるみ殺しを計画しているとは、想像もしていなかったと思う。むしろ、はるみの味方だと思っていたんじゃないかな。そこで、みどりが石本の泊まっていたホテルに電話をかけて、こういう。『奥さんが我慢が出来なくなって、今、北斗13号に乗って、札幌駅に向かっている。だから、すぐ札幌駅に行ってちょうだい。あなたに、お礼がしたいといってたわ』とね。車両の号数も言ったと思うね。石本は、成功報酬がもらえると思って、喜んで札幌駅に向かった」

「そして、札幌駅では、田宮はるみのかわりに、水原が降りて来たわけですね」

「そうだ。その水原は、例の銀行にきた浅井良と同じ人間だと思う」

「そうですね。浅井良の似顔絵は、水原によく似ています」

「水原は石本に声をかけて、自分はあんたに調査の前金を振り込んだ浅井だといって安心させ、車内に連れ込んで刺殺した。奥さんは、気分が悪くなって、座席で待っているとでもいってね。そのあと自分が持っていた函館からの切符やカメラを持たせておいたんだろうね。車窓風景は、原田みどりから連絡を受けたあと、殺人に利用するために、意図的に撮《と》っておいたんだろう」

と、十津川はいった。

「あれが、計画的でなく突発的な事件だったことは、田宮のアリバイが、あの件については、ひどくあいまいだったことからも、わかりますね」

「そうだよ。あの夜、ひとりで、バーにいたというのは、下手くそなアリバイだからね」

と、十津川はいった。

「田宮は、なんとしても利用した水原健の口を封じなければならなかったと思うのだ。いちばん危険な存在だからね。市川真代が殺してくれれば、もっとも好ましいラストになってくる」

と、十津川はいった。

「そこで、水原に市川真代をゆすらせたわけですかね？」

「真代が、水原にゆすられ、かっとして相手を刺し殺してしまったというストーリーにしたかったんじゃないかね。そこで、水原には大金を約束して芝居をさせる。あるいは、ゆすった一千万円を、君にやるといったのかもしれない」

「水原健に、どんな芝居を要求したと思われますか？」

と、亀井がきく。

「多分こんなことだと思うね。田宮は、水原にこういったんじゃないかな。おれは、この機会に市川真代と手を切りたい。そこで、一芝居打ってくれないか。彼女に一千万円を持って行かせるが、テープレコーダーも持参させる。それに難癖《なんくせ》をつけて、彼女を刺そうとする。そしてもみ合っていて、君が刺される芝居をしてくれないか。きっと真代はあわてて逃げ出すに違いない。そのあとは、こちらでうまく彼女を追いつめるとでもね」

「しかし、水原は、現実には死んでしまっています」

「そうだよ。だから殺したのは市川真代ではなく、別の人間かもしれないのだ」

「彼女ではないとすると、残るのは田宮本人ということになりますが」

「そうだ。田宮本人が殺したとしか思えないね」

と、十津川は確信を持っていった。

「しかし、警部。豊平峡ダムの現場には、殺された水原健と市川真代しかいなかったんじゃありませんか？」

「そう思われているだけかもしれんよ。市川真代が犯人でなければ、他に田宮しかいないんだ。まさか、弁護士の木元和子が、殺すはずはないからね」

と、十津川はいった。

警視庁に戻ると、十津川はすぐ道警の三浦警部に電話をかけ、自分の考えを話した。

三浦は嬉しそうに、

「十津川さんも、田宮が怪しいと思われますか」

「思いますね。今もいったように、水原健を殺したのも市川真代ではなく、田宮だと思いますよ」

「それなら、こちらへ来て現場を見てくれませんか」

と、三浦はいった。

十津川も、豊平峡ダムの現場を見てみたかった。

電話を切り、十津川は、北海道へ行く許可を上司に求めた。

本多《ほんだ》一課長は、

「本当に、田宮が犯人と思うのかね？」

と、きいた。

「思います。おそらく、彼がすべて企んだことだと思います」

と、十津川はいった。

「それなら、行って来たまえ」

と、本多はいってくれた。

翌日、十津川は亀井と二人、羽田から千歳へ飛んだ。

三浦警部が、空港に迎えに来てくれていた。

昨日は電話で嬉しそうだったのに、今日は憮然《ぶぜん》とした表情だった。

十津川は、なんとなく察して、

「田宮が釈放されたんですか？」

と、きいた。

「そうなんです。容疑は濃いんですが、アリバイが成立しては、釈放せざるを得ません。検事も、今の状況では、公判の維持ができないといいましてね」

三浦は、悔しそうにいった。

「市川真代のほうは、どうなんですか？」

「こちらは、今日中に地検が起訴すると思いますよ。水原健を殺したことは、自分でも認めていますし、田宮はるみ殺しについて、アリバイがありませんから」

「起訴は、少し待ったほうがいいんじゃありませんか」

と、十津川はいった。

「水原健を殺したのは、田宮だからですか？」

「そうです」

「しかし、証拠がありませんよ。私も、田宮が犯人であってほしいと思っているんですが」

「とにかく、今から豊平峡ダムへ行ってみようじゃありませんか」

と、十津川はいった。

十津川と亀井は、三浦の運転するパトカーに乗り込んだ。

車が豊平峡ダムに向かって走り出した。

「市川真代は、水原健を殺したことについて、どういっているんですか？」

と、十津川がきいた。

「これは、十津川さんにもお話ししたことですが、彼女は、水原健に脅迫されて、木元和子から一千万円を渡されて、豊平峡ダムに持って行った。そのとき、木元和子にいわれて、テープレコーダーを持って行き、田宮はるみや石本功を殺したのは自分だと水原に自白させ、それを録音しようと思った。ところが水原と話しているうちに、彼がテープレコーダーに気づいて、市川真代はナイフで殺されそうになった。必死でもみ合っているうちに、突然、水原が叫び声をあげ、死んでしまった。胸にナイフが突き刺さってです。彼女はそういっています」

「そのあと、彼女は、どうしたんですか？」

「これも彼女の証言なんですが、近くで待っていた弁護士の木元和子に、水原を殺してしまったことを話した。木元弁護士は、すぐ東京へ逃げなさいといい、車に乗せて、千歳空港に向かった。途中で着替えの服を買い、血で汚れた服は、川へ捨ててしまった。そして、その日のうちに、飛行機で東京へ逃げたというのです」

「木元弁護士は、何といっているんですか？」

「そのとおりだと、いっていますね。われわれとしては、あの女弁護士を、犯人の逃亡を助けたということで、逮捕したいと思っているんですが」

「市川真代が犯人でなければ、違ってくるでしょう。むしろ、木元弁護士は、田宮と組んで市川真代を罠《わな》にはめたと、見るべきですよ」

「しかし、それを証明するのは、難しいと思いますが」

「難しいが、やってみようじゃありませんか」

と、十津川は三浦を励ますようにいった。

「テープのことは、どう思いますか？」

三浦が、車を運転しながらきいた。

「豊平峡ダムに、市川真代が捨てて逃げたテープレコーダーのことですか？」

「そうです。十津川さんにもお聞かせしましたが、あのテープには水原の声で、市川真代が田宮はるみを殺した犯人だときめつける言葉が、録音されています」

「それで、市川真代が、かっとして、水原を殺したということになってしまうわけでしょう？」

「そうなんです」

「市川真代は、そのテープのことを、どういっているんですか？」

「まったく違うことをいっているんですよ。水原に一千万円を渡しながら、田宮の奥さんを殺したのは本当はあなたでしょうといったら、水原はそんなところだと肯定したというんですよ。だからテープを聞いてくれればすべてわかると、主張していたんですがね。テープを聞かせてやったら、顔色を変えていましたよ」

「違うと、いったんでしょうね？」

「そうです。テープが違うと、いっていますよ」

「三浦さんは、どう思われるんですか？」

と、十津川はきいた。

「わかりませんが、なにしろ、現場に残っていたテープは、十津川さんにお聞かせしたあのテープだけだったんです」

「市川真代のいうことが正しかったら、どうなりますかね？」

「彼女が逃げたあとで、テープがすり替えられたことになります」

「前もって、水原の声で、吹き込まれていたテープとですね」

「しかし、証拠はありませんよ」

「私は、すり替えられたと、思いますね」

と、亀井がいった。

「なぜですか？」

三浦がきく。

「私も、例のテープを聞かせてもらいました。あのテープに入っているのは、水原健の声だけで、市川真代の声が入っていません。これはおかしいですよ。当然、彼女の声も、入っていなければならないのに」

と、亀井はいった。

「それは、水原が、一方的に喋ったのかもしれませんよ」

「もう一つ、おかしいことがあります。おかしいというより、市川真代の言葉を、信じたくなることといったほうがいいかもしれません」

「どんなことですか？」

「彼女は、テープを聞いてくれればすべてわかると、いったわけでしょう？　われわれの聞いたテープが本物なら、彼女が聞いてくれというはずがありません。自分に不利なテープなんですから」

と、亀井がいった。

「私も同感ですが、肝心の市川真代のいうテープがありません」

三浦が、苦しげにいった。

5

パトカーは、豊平峡ダムに着いた。

普通なら、途中からバスと電気自動車に乗りかえなければいけないのだが、三浦は、サイレンを鳴らして、ダムサイトまで突っ走ってしまったのだ。

ダムサイトは、西陽を受けていた。

観光客の姿は、まばらだった。そのまばらな観光客がびっくりしたような顔で、パトカーを見つめている。何か事件でも起きたと思ったのだろう。

十津川たち三人は、パトカーから降りると、市川真代と同じように、ダムの上を歩いて行った。

「現場は、向こうの端です」

と、三浦は歩きながら話をした。

「行き止まりだから、一般の観光客は、途中で引き返してしまうでしょうね？」

「そうですね。だから、向こうの端で、水原健は待っていたんでしょう」

と、三浦はいった。

左側にはコバルトブルーの水面が広がり、右手の壁面からは放水が行なわれ、その水音がごうごうと聞こえてくる。

「この音ですよ」

と、急に十津川が立ち止まって大声を出した。

「何のことです？」

「この放水の音が、あのテープには入っていませんでしたよ。事件の日だって、放水は行なわれていたはずです。本当にこの上で録音されたものなら、放水の音が入っていなければ、おかしい。それなのに、私の聞いたテープには入っていませんでしたよ」

と、十津川はいった。

「なるほど、そういわれてみれば、放水の音は入っていませんでしたね」

三浦が、眼を輝かせた。

「前もって別の場所で録音されたテープだから、放水の音が入っていなかったんですよ」

と、十津川はいった。

三人は、さらに先へ向かった。堤の長さは、三百メートル余りある。

かなりの長さである。

途中まで歩いて来る観光客はいたが、端まで来る物好きはいなかった。行き止まりなので、あとは引き返すより仕方がないからである。

コンクリートの壁が立ち塞《ふさ》がっていて、慰霊碑が立っている。

行き止まりだが、コンクリートの壁には、トンネルの入口のような穴があいていた。

「そこに人が隠れられますね」

と、十津川はいった。

「田宮が、そこに隠れていたと思うんですか？」

と、三浦がきく。

「そう思いますよ。市川真代が、自分が殺したと思って逃げ去ったあと、田宮はこの穴から出て来て、本当に水原健を殺し、テープレコーダーのテープをすり替えたんですよ」

十津川は、自信を持っていった。

「すると、水原健は、それまで死んでいなかったということですか？　市川真代は、過《あやま》って自分が刺したと、自供しているんですが」

「多分、水原は、田宮に指示されたとおり、芝居をしたんだと思いますよ。血だって、本物の血だったとは思えない。胸に刺さったように見えるナイフだって、売っていますからね。興奮している市川真代には、それが見破れなかったんじゃありませんかね」

「田宮が殺したとしてですが、それを証明するのは難しいですね」

と、三浦がいった。

「目撃者がいれば、いいんですが――」

と、いいながら、十津川は周囲を見廻した。

この端までやってくる観光客はいないので、ひっそりしていて、ダムの放水の音だけが聞こえてくる。

「見つけるのは、大変なようですね」

と、十津川は、自分で結論を口にした。

亀井は、歩いて来たダムサイトのほうを見ながら、

「田宮が犯人とすると、ここで水原を殺し、テープを入れ代えてから、他人《ひと》に見られないように逃げ出したんだと思います。といっても、歩いて電気自動車の停留所まで行き、それに乗らなければ、ここからは出られないわけでしょう？　聞き込みをやれば、目撃者が見つかるかもしれませんよ」

「聞き込みは、やったんですか？」

と、十津川は三浦にきいた。

「水原健は市川真代が殺したと確信していましたから、それほど大がかりな聞き込みはやっていません。田宮が犯人だという可能性が出て来ましたから、もう一度、聞き込みをやってみますよ」

と、三浦はいった。

三人は、ダムサイトにあるレストハウスで、少し遅い昼食をとった。

その間に、三浦は、道警本部に電話を入れ、聞き込みに当たる刑事たちを呼んだ。

「今、田宮は、どこにいるんですか？」

と、マトン料理を食べながら、十津川は、三浦にきいた。

「今日は、札幌だと思います。明日は、東京に帰ってしまうんじゃありませんかね」

と、三浦がいう。

「それなら、今日中に田宮が犯人だという証拠をつかんで、再逮捕したいですね」

「それができればいいんですが」

三浦は、相変わらず悔しそうにいった。

食事がすんで、しばらくして、道警の刑事たちがやって来た。

全員が田宮の顔写真を持っていた。

三浦が彼らに向かって、念入りな指示を与えた。

事件の日に、田宮がここに来たことは間違いない。往復の電気自動車に乗ったであろうし、ダムサイトやダムの堤の上を歩いたはずである。

絶対に目撃者がいるはずなのだ。それを見つけてほしい。

三浦は、そういって、七人の刑事たちに聞き込みを命じた。

そのあと、三浦は十津川に向かって、

「ここで、結果をお待ちになりますか？」

と、きいた。

「そうしたいのですが、札幌へ出て、市川真代に会ってみたくもあるのです。田宮に裏切られた彼女に、いろいろと聞きたいこともありますから」

と、十津川はいった。

「それでは、車でお送りしましょう」

と、三浦はいってくれた。

6

十津川たちは、また三浦の運転するパトカーに乗り、札幌に向かった。

「今、市川真代は拘置所ですか？」

車の中で、亀井がきいた。

「いや、今日いっぱいは、道警本部に留置されています。明日、送検されることになっています。ですから、今日中なら会っていただけるはずです」

と、三浦はいった。

定山渓温泉を抜け、豊平川沿いの道路を札幌に向かって走る。

「市川真代の話では、この辺りで、木元弁護士が血に染まった服を、川に捨てたということです」

と、三浦がパトカーをとめて説明した。

「水原健が血染めの芝居をしたとすると、血に見えたのは、本物の血ではなかったと思いますね。木元弁護士が川に捨てたという市川真代の服を、回収してみたいですね。何かわかるかもしれませんよ」

十津川がいうと、三浦は車の無線電話を使って、川浚《かわさら》いをするように道警本部に連絡をとった。


札幌市内に入り、道警本部に着いたのは、午後三時近くである。

十津川は、本部長に挨拶してから、留置場で、市川真代に会わせてもらった。

彼女は二十四歳のはずだが、眼にくまができていて老《ふ》けて見えた。

田宮に裏切られたのではないかという、疑心暗鬼のせいだろう。

「今日、田宮は釈放されたよ」

と、十津川は、真代に会うなりいった。

本当なら喜ぶはずなのに、真代が、ただ小声で、「そうですか」といっただけなのは、やはり、全面的に彼を信頼できなくなっているからに違いなかった。

「今、豊平峡ダムで聞き込みをやっている。水原健を殺したのは、君ではなく田宮じゃないかというのでね」

十津川がいうと、初めて、真代の顔に感情の動きが出た。

「あれは、私が夢中で刺してしまったんです。殺されそうになったんで――」

と、真代はいった。

「君は、彼が死んだことを、確認したのかね？」

亀井が、きくと、真代は、首を小さく振って、

「びっくりしてしまって――それに、胸にナイフが刺さって、血が流れていたんです。私も、血がついてしまいました」

「それだけなんだね？」

「それだけって――？」

「血はニセモノかもしれないし、ナイフも、突き刺さったように見えるものを売っているよ」

「でも、誰がそんなことを――？」

「田宮がやったんだろうね。君は、利用されたんだ」

と、十津川はいった。

真代は、黙ってしまった。田宮に裏切られたのではないかと、疑いながらも、まだ、どこかで、信じたい気持ちがあるのだろうか。

「テープも、すり替えられていた。それは、君にもわかっているんだろう？」

十津川がきくと、真代は、大きく眼を開いて、

「やっぱり、あのテープは違っていたんですか？」

「そうだよ。テープレコーダーに残っていたテープは、インチキだ」

「じゃあ、私のいったことを、信じていただけたんですか？」

と、真代がきいた。

「テープについてはね。あのテープは、あのダムで録音されたものじゃない。それがわかったんだよ。どうやら、君はうまくはめられたんだと思うね。罠にはめたのは、田宮だ。君は信じたくないだろうが、他には、考えられない。だから、この際、何もかも、正直に話してほしい。われわれは、君を助けたいんだ」

と、十津川はいった。

第八章　札幌駅の罠《わな》

1

真代は、当惑した顔になって、黙ってしまった。

まだ、田宮に裏切られたとは、思いたくないという気持ちもあるだろうし、田宮を告発しようと思っても、それが難しいのだろう。

というのも、田宮は、最初から用心深く行動していて、尻尾《しっぽ》をつかまれるような痕跡を残していないのである。

第一に、二つの殺人については、しっかりしたアリバイを残しているし、最後の殺人では真代を、犯人に仕立てあげてしまっている。

また、真代自身、まだ田宮に裏切られたことが、信じられずにいるようなのだ。

十津川は、真代の証言に期待をかけたのだが、すぐそれが、無駄なことだとわかった。

むしろ、彼女の証言が、田宮に有利に働いてしまうことになりそうである。真代の証言に従えば、田宮は、職も家庭も捨てて、彼女と札幌へ駈け落ちしたことになる。妻を殺して財産を自分のものにする人間には、なっていないのである。

「この方法は、うまくいきそうにないよ」

と、十津川は苦笑して、亀井にいった。

「そうかもしれませんね。頭のいい田宮のことですから、市川真代の証言は、自分に有利に働くのを計算ずみだったと思いますよ。それで、彼女の口を封じなかったんでしょう」

と、亀井もいう。

「このままだと、田宮は、無罪ということになってしまうよ」

「どうしますか？」

と、亀井がきいた。

「とにかく、道警と相談しよう」

と、十津川がいった。

すぐ、捜査会議が開かれた。

市川真代が、罠にかけられたという点で、道警と十津川の意見は一致した。

「問題は、それを、証明できるかどうかということです。今の状況だと、難しいといわざるを得ません。このままでは、田宮を、有罪にするのは難しいですし、逆に、市川真代は釈放できませんね」

と、三浦警部がいった。

「その点は、同感です」

と、十津川もいった。

「それで、十津川さんは、どうしたらいいと思われるんですか？」

三浦が、十津川を見た。

「これは、少しばかり、卑怯《ひきよう》かもしれませんが、田宮が罠を仕掛けたように、われわれが今度は、彼を罠にかけてやろうと思うのですよ」

と、十津川はいった。

「どんな罠ですか？」

「罠という言葉は、少しばかり、極端かもしれません」

と、十津川は、自分の言葉を批判してから、

「田宮の期待を外してやろうじゃないか。そうしておいて、彼の反応を見てやろうということです」

「具体的に、どうするわけですか？」

「われわれの推理が正しければ、田宮は、妻のはるみを殺し、財産と原田みどりの両方を、手に入れようと考え、その計画に、市川真代を利用したわけです。最後に、利用した市川真代を、探偵殺し、はるみ殺しの犯人に仕立てて、刑務所に放り込んで、万々歳という計画だったわけです。それが、うまくいって、市川真代は殺人罪で逮捕されています。田宮の期待どおりになったわけです。田宮はアリバイが成立し、釈放せざるを得ないし、市川真代は、水原を殺したことを認めているので、起訴しなければならない。田宮は、おそらく、ほくそ笑んでいると思いますね。その期待を外してやろうじゃないかと、思うんです」

「つまり、市川真代を釈放するということですか？」

「そうです」

「しかし、釈放するには理由が必要ですよ。新聞記者たちにも説明しなければなりませんからね」

「理由は、ありますよ」

と、十津川はいった。

「どんな理由ですか？」

「例の、市川真代の血で汚れた服ですよ」

「ああ、弁護士の木元和子が、途中で、豊平川に捨てたというやつですね？」

「そうです。それが見つかったことにします。そして、鑑識で調べたところ、人間の血ではなかったことがわかったと発表するんです」

「洋服は、見つかっていないし、ひょっとすると、人間の血だったのかもしれませんよ」

と、三浦がいった。

「わかっています。だが、田宮が、引っかかるかもしれませんよ」

と、十津川は笑って、

「田宮にしてみれば、奥さんを殺して、原田みどりと一緒になる予定にしているわけです。そこへ、刑務所へ行くはずの市川真代が出て来たら、どうなるのかと、おそらく、困ってしまうんじゃないかと思うのです」

「市川真代を、今度は自分の手で、殺そうとするかもしれませんよ」

と、三浦がいった。

「そこが、こちらのつけ目でもあります」

と、十津川はいった。

「危ない綱渡りになるかもしれませんね」

「田宮にとってもです。それに、豊平川に捨てた市川真代の服についていたのは、私は、人間の血ではないと思っているんです。われわれの推理が正しければ、彼女は、水原を殺していないことになりますから、大量の血を用意しておく必要があったわけです。まさか、他の人間の血を集めるわけにはいかないでしょうから、動物の血か、あるいは、芝居で使う血のりを使ったと思うのですよ」

「木元和子が、豊平川に捨てた服を探すかもしれませんね」

「そうしてくれたほうが、こちらは助かりますよ。本当に、どうだったか、調べられますからね」

と、十津川はいった。

2

その日の午後二時に記者会見を行ない、市川真代を、釈放すると発表した。

理由は、十津川が考えたように、彼女の服の血痕ということにした。

同時に道警は、豊平川に監視の警官を配置し、釈放した真代には尾行をつけることにした。

そこで、田宮や、木元和子たちの出方を見ることになった。

十津川は、東京にも電話をかけ、清水《しみず》刑事たちに、原田みどりの動きを監視して、連絡するように伝えておいた。

市川真代が、釈放されてすぐの反応は、木元和子の電話だった。

道警の三浦警部が出ると、和子は、

「なぜ、市川真代を、釈放したんですか？」

と、きいた。

「それは、記者会見でもいいましたが、彼女の服の血痕が、被害者のものでないことがわかったからですよ。つまり彼女が水原を殺していないとわかったんです」

「でも、札幌のホテルで、田宮はるみさんを殺したことは、わかっていたじゃありませんか？」

「いや、それも、決め手に欠けるので、証明のしようがないんですよ。それに、あなたのような優秀な弁護士がついていたんでは、これ以上、勾留《こうりゅう》をしておけません。残念だったんですが、釈放せざるを得なかったんです」

三浦は、そういって、ニヤッと笑った。

「それで、今、彼女はどこにいるんですか？」

木元和子は、切り口上できいた。

明らかに、意外な事の成り行きに、戸惑っているのだろう。

「弁護士なのに、嬉しくないんですか？　あなたが、われわれに勝ったんですよ」

と、三浦はいった。

「そりゃあ、彼女が釈放されたのは嬉しいし、当然のことだと思っていますわ。それで、すぐ彼女に会いたいんですけど、今どこにいますの？」

「さあ、当然、田宮さんに、会いに行っていると思いますがね」

と、三浦はいった。

和子は、黙った。電話は切れてしまった。

この電話のことは、すぐ三浦から、十津川たちにも知らされた。

「木元和子は、すぐ田宮に連絡したと思いますね」

と、十津川はいった。

「善後策を相談するためにですか？」

「そうです。原田みどりと結ばれるためには、田宮にとって、市川真代は、邪魔ですからね。彼女をどうするか、相談するんだと思いますね」

と、十津川はいった。

一方、釈放された市川真代は、まっすぐ札幌市内のKホテルに行き、フロントで、ここに木元弁護士が泊まっていないかと、きいた。

フロントが、チェックアウトしたというと、真代は、がっかりした表情で、しばらく考え込んでいたが、フロントに置き手紙をして、自宅のマンションに戻って行った。

尾行の刑事が、その置き手紙を見せてもらったところ、次のように書いてあった。

〈田宮さんと話し合いたいのです。自宅に戻っていますので、すぐ連絡してください。

木元弁護士様

真代〉

翌朝、東京の清水刑事から、十津川に、電話が入った。

「原田みどりが、今、羽田にいます。どうやら、札幌へ向かうようです」

おそらく、事態の変化にあわてた田宮か、木元和子が、呼び寄せたのだろう。

「こちらの希望どおりに動いているようです」

と、十津川は三浦警部にいった。

「原田みどりが、札幌に来るからですか？」

「そうです」

と、十津川は肯いてから、

「もし、このまま、田宮が東京に帰ったら、市川真代は必ず彼を追いかけます。そうなったら困るので、この札幌で、始末しようと考えたに違いありません。だから、原田みどりも、こちらにやって来るんだと思いますね」

と、いった。

「つまり、札幌で、市川真代を殺してしまうということですか？」

「それも、事故か自殺に見せかけてでしょう」

「それでは、今まで以上に、市川真代の周辺を警戒する必要がありますね」

「そうしてください。私と亀井刑事は、今日、東京から到着する原田みどりを、見に行って来ます」

と、十津川はいった。

清水刑事からは、原田みどりが九時一五分発の全日空に乗るという連絡があった。

千歳着は、一〇時四〇分である。

十津川と亀井は、この時刻より少し早目に、空港へ行った。

到着ロビーにいると、亀井が小声で、

「木元弁護士が来ていますよ」

と、いった。

なるほど、木元和子の姿が見えた。幸い、こちらには、気づいていない様子だった。

全日空55便が着き、乗客が降りて来ると、木元和子がその中の一人に近づいて、話しかけた。

原田みどりは、なかなかの美人である。それに市川真代に比べると、上品な顔立ちである。田宮は、そこに惚《ほ》れたのかもしれない。

清水刑事が、十津川を見つけて、近寄って来た。

「機内では、ずっと彼女はひとりでいました」

と、清水がいった。

原田みどりと木元和子は、タクシーを拾って、乗った。

十津川たちも、車で尾行することにした。

向こうのタクシーが着いたのは、札幌市内のホテルだった。市川真代が訪ねたKホテルではなかった。

原田みどりも木元和子も、このホテルにチェックインした。

十津川は、亀井と清水の二人に見張らせておいて、すぐ三浦警部に連絡をとった。

「市川真代は、今のところ自宅マンションで、じっとしています。おそらく、田宮から木元和子からの連絡を待っているんだと思いますね。田宮に会ったら、本当に自分を裏切ったのかどうか、聞く気でいるんじゃないですか」

と、三浦はいった。

「田宮の所在は、つかめましたか？」

「いや、まだ、つかめていません」

「こちらのホテルに原田みどりと木元和子の二人が泊まりましたから、今夜あたり、市川真代をどうするか、相談すると思いますね」

「すると、田宮がそのホテルに現われるわけですか？」

「いや、それは目立ち過ぎるから、おそらく、打ち合わせは電話でやるでしょう」

と、十津川はいった。

「では、明日が危ないですか？」

「そう思います。長引けば、市川真代の存在が、彼らにとって、いっそう問題になってくるでしょうからね」

と、十津川はいった。

3

十津川と亀井、それに清水刑事も、原田みどりたちと同じホテルに泊まることにした。

ロビーには、交代でおりて行き、監視に当たることになった。原田みどりたちの動きを見張るためだった。

最初は、清水がその役をやった。

部屋に残った十津川は亀井と、彼らがどう出るかを検討した。

「田宮たちは、われわれが、罠を張っていることを、知っているでしょうか？」

と、亀井が首をかしげて十津川を見た。

「わからんな。気づいているかもしれないが、彼らは、どうしても、市川真代を消さなければならないはずだよ。放っておけば、市川真代と田宮と原田みどりの三角関係になってしまうからね」

「市川真代が身を引くということは、考えられませんか？　そんなことになったら、われわれの計画も、水の泡ですが」

と、亀井が心配していった。

確かに亀井のいうとおりだった。三角関係が消えてしまえば、田宮は、原田みどりと一緒になって、市川真代を殺す必要がなくなってしまうのだ。

「だが、そうはならないと思うね。市川真代は、純情だが芯が強い女だ。その証拠に、田宮と札幌に駈け落ちしている。簡単に田宮を諦めたりはしないはずだよ」

と、十津川はいった。

「そうなると、やはり、彼らは、市川真代を殺しますか？」

「やるね」

「問題は、どんな方法でということですが」

「この札幌で消すとすれば、そんなにたくさんの方法があるとは思えないよ。ただ殺せば田宮が疑われるから、酔って高い所から落ちたとか、自殺に見せかけて殺すとかだろう」

「その方法がわかれば、何とか、前もって手を打てるんですが」

亀井が、悔しそうにいった。

「そのうちに、わかってくるさ」

と、十津川はいった。

翌朝まで、十津川たちは、交代で監視に当たったが、ホテルに、田宮が訪ねて来ることもなかったし、原田みどりたちが、外出することもなかった。

夜が明けると、小雨が降り出した。

午前十時を少し廻った頃、原田みどりと木元和子が、ホテルを出た。

タクシーを呼んでいたとみえて、ホテルの玄関にとまっていた車に乗り込んだ。

十津川たちも、すぐ車で、彼らのタクシーを尾行した。

「どこへ行くつもりなんですかね？」

と、亀井がきいた。

「また、豊平峡ダムでもないだろうがね」

十津川がいった。彼にも見当がつかない。

原田みどりと木元和子の乗ったタクシーは北に走っている。どうやら、札幌駅へ向かっているようだった。

ハルニレとニセアカシア並木の駅前通りを、まっすぐ走って行く。

「まさか、このまま、札幌駅から東京へ帰ってしまうんじゃないでしょうね」

清水が、首をかしげている。

「それなら、わざわざ東京からやって来ないだろう」

と、十津川はいったが、次第に不安になって来た。

市川真代が、自ら身を引くことになって、原田みどりや弁護士の木元和子が、東京へ戻ってしまうのだとしたら、せっかくの罠が何にもならなくなってしまうのである。

だが、彼女たちのタクシーは、札幌駅前の国際ホテルの前で停まった。

二人は、ホテルに入って行く。ホテルの一階が全日空の支店になっている。

十津川たちは、車から降りずに、彼女たちを見ていた。

二人は、全日空のカウンターに行き、切符を買っている。

彼女たちが、エスカレーターで二階の喫茶室に上がったあと、清水が全日空のカウンターへ走って行って、行き先を聞いて来た。

「二人とも、羽田までの切符を買っています」

と、清水が報告した。

「何時の便だ？」

「一二時五〇分の全日空60便です」

「今、何時だ？」

「十時半です」

「あと二時間以上もあるのか」

十津川は、変な顔をした。

「今日は、空の便が混んでいるのか？」

と、亀井が清水にきいた。

「いえ。そんなに混んでいる気配はありません」

「それなら、なぜ、すぐの便を買わないんだろう？」

亀井が、首をかしげた。

十津川は、二人の上がった喫茶室のほうに眼をやった。二階の喫茶室はガラスばりで、駅前が一望の下に見渡せる。

「田宮とここで落ち合って、一二時五〇分の便で、一緒に東京に戻るつもりなんじゃありませんか？」

と、清水がいった。

「とすると、千歳空港駅まで特急で三〇分。一一時三〇分発『おおぞら5号』、一一時四二分発『ライラック8号』、一二時二分発『ホワイトアロー6号』のいずれかになります」

と、亀井がいった。

「市川真代を、放り出しておいてかね？」

と、十津川がきく。

「いえ、どこかで、田宮が殺してからでしょう」

と、清水がこたえた。

「そんなはずはないよ」

と、十津川はいった。

市川真代を殺すなら、原田みどりや木元和子も、田宮を手伝うはずだと思うからである。原田みどりだって、そのために東京から駈けつけたのではないか。

「しかし、あの二人が、これから他に移動するとも思えませんが」

と、清水はいった。

十津川は、カウンター脇の公衆電話で、三浦警部に連絡をとってみた。

「原田みどりと木元和子は、今、札幌駅前のホテルの喫茶室にいますが、市川真代はどうしていますか？」

「彼女は、まだマンションにいるようです」

と、三浦はいう。

「それ、間違いありませんか？」

「ええ、間違いありませんよ。ちょっと待って下さい」

急に三浦がいい、二、三分、間があってから、

「今、彼女がマンションを出て、タクシーを拾ったところです。私も彼女を追っかけます」

「田宮は、どうですか？」

「まだ、見つかりません」

と、三浦はいった。

4

十津川は、じっと待った。

市川真代も動き出した。彼女も、ここへ来るのか、それとも田宮に会いに行くのだ

ろうか？　とにかく、市川真代の尾行は、三浦たちに任せて、こちらは、原田みどりたちの監視を続けるより仕方がない。

十一時四十五分。

原田みどりと木元和子の二人が、喫茶室から降りて来た。

（誰かを待つんじゃないのか）

と、十津川が思っていると、二人は、札幌駅に向かって歩いて行く。

「駅へ行くようですね」

と、亀井が、小声でいった。

今から間に合う千歳空港駅行きの特急は、旭川発、苫小牧《とまこまい》行き、一二時二分発の「ホワイトアロー6号」しかない。千歳空港駅着は一二時三一分、一二時五〇分の便に乗るにはぎりぎりの時間である。空港駅から空港ビルまでは長い連絡橋があるからだ。

（なぜ、二本も列車をやりすごしたのか？）

と、十津川は、思った。

二人は鳩の群れる牧歌の像の傍をゆっくり歩いて行く。

明らかに、札幌駅へ行こうとしているのだ。

「やはり『ホワイトアロー6号』に乗るつもりでしょうか？」

尾行しながら、亀井がきいた。

「さあ、どうかな。一二時五〇分の航空券を買っているんだから、他に考えようがないがね」

と、十津川はいった。

二人は、そんな十津川たちのいらだちなど、知らない様子で、駅に着くと、自動販売機でシャトル切符を買い、乗車改札口を入って行った。シャトル切符は、札幌、千歳空港駅間のどの特急列車にも乗車できる。座席指定のない、九百円の特急専用切符である。

二人は、改札口近くの地下通路への階段を下りず、遠く離れた跨線橋《こせんきよう》へ歩いて行く。「ホワイトアロー6号」の着く4番ホームには、出張帰りのサラリーマンの姿が多い。

十津川たち三人も跨線橋に上ったが、間をおいて歩いて行き、原田みどりと木元和子を見守った。

彼女たちは、「ホワイトアロー6号」の着く4、5番ホームではなく、6、7番ホームに下りて行く。

札幌駅には、五本のホームがある。南口の乗車改札口から、0・1、2・3、4・5、6・7、8・9番となっている。千歳線は、主に1〜6番、函館本線は1〜7番に発着する。8、9番は、札沼線《さつしょうせん》が多い。住宅開発の進む札幌―石狩当別《いしかりとうべつ》、浦臼《うらうす》方向へ走る通勤通学線である。

原田みどりと木元和子の二人は、6番に向かって立っている。ホームには、修学旅行の臨時列車を待つ高校生であふれている。

電光掲示板を見ると、6番線には、一二時発の特急「ライラック9号」が到着すると、出ている。

旭川行きのL特急である。

この列車は、一〇時一〇分に室蘭《むろらん》を発車している。

「彼女たちは、まさか『ライラック9号』に、乗る気じゃないでしょうね？」

清水が、小声できく。

「それはないだろう。彼女たちは、一二時五〇分の飛行機の切符を買ってるんだ」

「この列車で、誰か来るのかもしれませんね」

と、亀井がいう。

「室蘭からかい？」

「そうです。田宮が、この列車で着くんじゃありませんか。あの二人は、それを迎えに来ているんじゃないですかね」

と、清水がいったとき、亀井が、

「あれ？」

と、声をあげた。

「どうしたんだ？　カメさん」

「あの二人が、消えましたよ」

と、亀井がいう。

今までホームにいた二人が、乗客たちの群れの中から、消えてしまったのである。

地下の連絡通路にでも隠れてしまったのだろうか。

あわてて降りて行って、確認するわけにもいかなかった。

そのうちに、新しく乗客たちがホームに入って来たが、そのなかに、市川真代の姿を見つけて、十津川たちは緊張した。

彼女のあとから、三浦警部たちもやって来た。

三浦は、十津川たちに気づいて、ホームの端まで歩いて来ると、

「市川真代は、ここから列車に乗る気ですよ。旭川までの切符を買いましたからね。

『ライラック9号』の切符です」

と、いった。

「旭川まで行く気ですか？」

「そのようですね」

「彼女はまっすぐ駅に来たんですか？　ここまでは、車で来たんでしょう？」

「そうです。途中まではタクシーでね。ところが、大通りから地下街におりられて苦労しました。われわれをまくつもりだったんでしょう」

「田宮が、そう指示したのかもしれませんね」

「ええ」

「田宮の居所は、まだわからずですか？」

と、十津川がきいた。

「わかりません。ひょっとすると、田宮は、室蘭から『ライラック9号』に乗って来るのかもしれません」

と、三浦が緊張した声でいった。

「そして、車内で市川真代と一緒になって、旭川まで行く気なのかな？」

「旭川で、殺す計画ですかね？」

「かもしれませんが、原田みどりと木元和子も来ています」

「二人が、さっきまでこのホームにいるんですか？」

「さっきまでこのホームにいましたが、消えました」

と、十津川がいったとき、ホームにアナウンスが響いた。

「まもなく6番線に、一二時発、旭川行特急『ライラック9号』が到着いたします。お乗りのお客さまは危険ですので、白線の後ろでお待ちください」

続けて、線路をへだてた4番ホームからもアナウンスの声が聞こえた。

「次の千歳空港方面の列車は、一二時二分発、旭川からまいります苫小牧行特急『ホワイトアロー6号』です。ご乗車のお客様は4番線にお急ぎください」

原田みどりと木元和子が乗るはずの列車である。5番線を挟んだ、4番線の後ろ向きの乗客たちの列に、二人を探した。

「田宮ですよ！」

と、亀井がいった。

間違いなく、その乗客たちのなかで、一人こちらを向いている田宮の姿があった。

長身なので、すぐわかった。

亀井と三浦たちは、田宮に気づかれぬよう4番線に移動しようとしていた。だが、ホームに並んだ乗客の列と、地下通路から上がってくる乗客に阻《はば》まれて、思うにまかせないようだった。

(奴は市川真代と同じ旭川行きの列車に乗らない気なのか？　それとも原田みどりと木元和子と一緒に、千歳空港へ行くのか？)

十津川は、当惑した表情になった。

「ライラック9号」は、警笛を鳴らして、ホームにさしかかっていた。

十津川は、反射的に、こちらのホームにいる市川真代に眼をやった。

彼女もびっくりした顔で、反対側のホームに姿を見せた田宮に向かって何か話しかけている。

線路をへだてて、田宮も何かいっている。ホームから身を乗り出すようにして、何かを田宮に向けて話しかけている真代。

その瞬間、十津川は、これから何が起ころうとしているかを理解した。

一二時発の特急「ライラック9号」が、こちらのホームの間近に近づいて来ていた。

「くそ！」

と、叫び、十津川は、ホームの中央辺りにいる市川真代に向かって、突進した。

亀井たちも、つられて走り出した。

市川真代は列車が入って来るのも忘れて、向こう側のホームにいる田宮に、訴えかけている。

次の瞬間、彼女の背中に向かって、二本の手が伸びた。

突かれて、よろめく真代に向かって、十津川は、飛びつくようにして、ホームに転がった。

悲鳴が、あがった。

その悲鳴を、掻《か》き消すように、四両編成の特急「ライラック9号」が進入して来た。

十津川は、市川真代の身体を抱えてホームに転がりながら、階段のほうを見上げた。

原田みどりと木元和子が、地下通路の階段に向かって逃げて行く。

「その二人を、捕まえてくれ！」

と、十津川は大声で叫んだ。

原田みどりと木元和子の二人は、北口改札口付近で逮捕された。が、田宮は、こちらのホームに特急「ライラック9号」が入って来て、ブラインドになったのを利用して逃げてしまった。

5

原田みどりと木元和子は、中央警察署へ連行された。

二人とも、市川真代をホームから突き落とそうとしたことは、頑強に否定した。

「じゃあ、なぜ、逆方向の6番線に行ったのかね？　一二時五〇分発の飛行機に乗るなら4番線だろう」

と、三浦警部が、二人にきいた。

弁護士の木元和子は、眼を光らせた。

「その質問に答える前にまず不当逮捕に、強く抗議します」

と、いった。

三浦は、むっとした顔になって、

「そんなことはどうでもいい。なぜ、あのホームにいたのか、その理由を聞いているんだ」

「ホームを間違えただけですわ。いけませんの？」

「あのホームに、市川真代がいたことは、知っていたんだろう？」

「急に気がついて、声をかけようとした。それだけですわ。そのとき、突然襲いかかって来たんじゃありませんか。暴力団かもしれないと思ったから、反射的に逃げたんですよ。当然でしょう？」

と、和子は開き直った。

原田みどりも、同じだった。

４番線と６番線を間違えてしまったといった。

「では、何をしに、昨日、東京からこの札幌へ来たんだね？」

と、三浦はきいた。

「それは、木元弁護士さんから、来るようにいわれたからですわ」

「そう答えるようにいわれているのかね？」

「いいえ。事実をいっているだけですわ」

「市川真代を、突き落とそうとしたはずだがね」

「そんなことはしていませんわ。第一、私は、市川真代さんの顔を、知りませんもの」

　と、みどりはいった。

　ただ、市川真代は、殺されかけたということもあって、すべてを話してくれた。

　昨夜、十一時頃、田宮から電話があったという。

　いろいろと誤解があったが、今でも君を愛している。

　静かに、二人だけで話し合いたいのだが、警察がうるさくて、うまくいかない。

　そこで、君は、尾行をまいて、札幌駅まで行き、一二時発の「ライラック9号」に乗ってくれ。僕は、苫小牧から乗って行くので、旭川までの列車の中で、話し合おうといわれたと、真代はいった。

「それで、タクシーと地下鉄で、札幌駅まで来たんです。警察の尾行をまくためといわれたので、別に怪しみませんでした」

　と、真代はいった。

「それで、旭川までの切符を買って、あの6番ホームで待っていたんだね？」

　と、十津川がきいた。

「ええ」

「反対側のホームに、田宮が現われたときは、びっくりしたろうね？」

「ええ。ホームを間違えたのかと思って、田宮さんに声をかけたんです」

「そうしたら、彼は、何といったのかね？」

「すぐそっちへ行くから、じっとしていろって」

と、真代はいった。

三浦が苦笑した。

「そういって君をじっと立たせておき、背後《うしろ》から、原田みどりと木元和子に、突き落とさせようとしたんだ」

と、いった。

亀井が、続いて、

「田宮が、突然、反対側のホームに現われれば、君はびっくりして、身を乗り出して、彼に声をかける。ちょうど、『ライラック9号』と『ホワイトアロー6号』がすれ違う二分間を狙って、田宮は姿を見せたんだ。君が動揺して、無警戒になってしまうからね」

と、いった。

「そこまで、彼は、私のことを憎んでいたんですか？」

真代は、唇を噛んでいる。

「憎んでいるというより、田宮は、利用した君に生きていられては困るんだよ。だから、何とかして、君を消そうとしているんだ」

と、十津川はいった。

「それで、田宮さんは、今、どこにいるんですか？」

「逃げたよ、さっさとね。まあ、捕まっても、ホームを間違えただけだと、主張するだろうがね」

と、十津川はいった。

原田みどりと木元和子も、相変わらず否認を続けていたが、こちらは、一つの突破口が生まれた。

市川真代を尾行して、札幌駅まで来た刑事の一人が、ビデオカメラを持っていて、それをホームで廻していたのである。

それに、市川真代が、背後から突かれるところが、しっかり映っていた。

手を伸ばして、真代の背中を突いているのは、原田みどりだった。

三浦警部は、原田みどりだけに、このビデオを見せた。

そのとたんに、彼女の顔が青ざめて、とっさに、

「この女の人が、ホームから落ちそうになったから、引き止めようとしたんです」

といったが、その声には、まったく力がなかった。

三浦は、苦笑して、

「一枚の写真なら、そんな言い訳も可能だが、これは、ビデオなんだよ。よく見てみたまえ。君は、明らかに、手を伸ばして、市川真代の背中を突いているんだ。市川真代のほうは、まったく、ホームから落ちそうになっていないじゃないか。それを、君はうしろから突いたんだよ。殺人未遂だよ」

と、いった。

殺人未遂という言葉で、原田みどりは、黙ってしまった。

「ちょうどこのとき、特急『ライラック9号』が、ホームに進入して来ていた。その前に突き落とせば、死ぬことは誰にだってわかるはずだ。だから、君の行為は殺人未遂なんだよ」

と、三浦は、追い打ちをかけるようにいった。

原田みどりは、今度は下を向いて、唇を噛んでいる。

三浦は、さらに言葉を続けて、

「このままだと、君は、殺人未遂で起訴されるよ。計画的だから、罪は重い。ただ、田宮に頼まれて、いやいや、やったことがわかれば、罪は軽くなる。田宮が、結婚をエサに、君を、引き込んだことがわかれば、情状酌量《しやくりよう》されるからね。君は、今度、呼ばれて、東京から北海道へやって来た。そして田宮に、札幌駅で、市川真代を突き落とせと、命令されたんだと思う。その間の事情を、正直に話してみないかね？　今のままだと、君一人が、殺人未遂で、刑務所へ送られることになってしまうよ」

と、いった。

だが、原田みどりは、黙ったままだった。

6

三浦は、十津川と亀井にも、そのビデオを見せてくれた。

「これで、原田みどりについては、起訴できることになりました」

と、三浦はいった。

「田宮や木元弁護士に、頼まれたということは、いっていないんですか？」

と、十津川はきいた。

「その点は、今のところ黙秘していますが、いずれ、話すと思いますよ。ただ、田宮は、否定するでしょうが」

「その田宮の行方ですが」

「それが、依然として捕まらないのです。道内の空港や連絡船、フェリーなどの港には、手配をしていますが、田宮は、まだ現われていません」

と、三浦はいう。

「田宮が、どこへ逃げたか、考えてみたんですが」

十津川は、考えながらいった。

「道内を、逃げ廻っているとは、思っているんですが――」

「石本功と田宮はるみの殺人については、田宮は、アリバイがあるわけでしょう。そうなると、この二つの事件については、田宮は、捕まっても怖くはないわけです。なんとか弁明できるはずです。今度の市川真代の殺人未遂についても、彼は手を出していないし、ただ反対側のホームにいただけです。とすると、田宮が怖がっているのは、豊平峡ダムでの水原殺しだけでしょう」

「そうですね」

「となると、田宮は、豊平峡ダムへ行ったんじゃないかと思うんですよ」

と、十津川はいった。

「心配だからですか？」

「あの事件で、本当に水原を殺したのは、田宮だと思っています。木元弁護士は、豊平峡ダムの途中で、市川真代を待っていたはずだ。原田みどりは、東京にいましたからね。市川真代が殺したのでなければ、田宮以外にはいないんです。彼は、うまく殺したと思っているでしょうが、やはり不安はあるはずです。それで、逮捕される前に、もう一度、大丈夫だということを、確認しに行ったんじゃないかと思うんですがね」

「行ってみましょう」

と、三浦が応じた。

三浦に十津川、それに亀井の三人が、覆面パトカーで豊平峡ダムに向かった。

もちろん、田宮がそこに行っているという確証はない。十津川は、ただ、犯人の心理として、心配から、現場へ確認しに行くだろうと、考えたのだろう。

ダムサイトまで、三人は車で乗り込んだ。

天気がいいので、観光客の姿は、事件の日より多かった。

三人は、ばらばらに別れて、田宮を探すことにした。三人とも、トランシーバーを持ち、時々、連絡し合いながらだった。

十津川は、殺しの行なわれた堤防の上を、奥に向かって歩いて行った。

端まで歩いて行ったが、田宮は見つからなかった。

(来ていないのか？)

と、思いながら、ダムサイトの方向へ戻り始めたとき、トランシーバーに、亀井の声が飛び込んで来た。

「田宮と思われる男が、人を探しているのがわかりました」

「誰を探しているんだ？」

「このダムの管理、保全に当たっている小坂井《こさかい》という男です」

「なぜ、田宮がその男を探しているか、わかったかね？」

「いえ、わかりませんが、田宮は、最初、名前を知らなかったらしく、ダムサイトの事務所で、年齢四十五、六歳で、身長一六〇センチくらい、白いヘルメットをかぶった、タレントのNに似た男を探していると、いったそうです」

「それで、小坂井という人は、今、どこにいるのかね？」

「今日は午後三時に出勤すると、教えたそうです」

「田宮は？」

「そうですかといって、事務所を出て行ったそうです」

「今、カメさんは、どこにいるんだ？」

「ダムサイトの事務所の前です」

「私もそこへ行く。三浦さんにも連絡してくれ」

と、十津川はいった。

彼が事務所の前に行くと、三浦も緊張した顔で来ていた。

時刻は、午後二時五十分になっていた。

「事務所の話では、事件の日、小坂井さんが堤防の周辺を見て廻っていたそうです」

と、亀井がいった。

「すると、田宮を目撃した可能性があるわけだね」

と、十津川がいう。

「それもただ、出会ったのなら、相手は忘れてしまうと思いますよ。田宮が、探しているのは、きっと印象の強い出会い方をしたんだと思いますね」

と、三浦がいった。

「現場付近で、会ったのかもしれませんね」

十津川が、いった。

田宮は、ひょっとして、小坂井が自分のことを、はっきり覚えているかもしれないと、心配になって来たのだろう。

「小坂井さんは、いつも自転車で来るそうです」

と、亀井がいう。

「まもなく、三時ですね」

と、三浦がいった。

「われわれも、配置につきましょう」

十津川がいうと、三浦が、変な顔をして、

「配置?」

「そうです。われわれがかたまっていたら、田宮が気づいて逃げ出すでしょう。だから、三浦さんは、亀井刑事と小坂井さんを探して下さい。私は、多分、田宮が小坂井さんを連れて来ると思われる場所で、待っています」

と、十津川はいった。

7

ダムサイトのかなり手前で、田宮は、自転車でやって来た小坂井明《あきら》をつかまえた。

「小坂井さんですね?」

と、田宮は声をかけ、相手が肯くと、

「所長さんに伝言を頼まれたんですよ。事務所に寄らずに、堤防へ行ってくれと」

「堤防？」

「そうです。堤防の端《はし》に、ひび割れが発見されて、皆さん、そちらへもう行っています」

「あんたは？」

「私は電話で呼ばれて、道庁から駈けつけた者です。すぐ私と一緒に現場を見て下さい」

と、田宮はいった。

小坂井は、半信半疑の表情だったが、それでも自転車を降り、田宮と一緒に、堤防上を奥に向かって歩いて行った。

「私は、前にも、ここへ来たことがあるんですが、覚えていませんか？」

並んで歩きながら、田宮がきいた。

小坂井は、田宮を見て、

「そういえば、どこかで見たような気が、さっきからしていたんだがね」

「この堤防の奥で、男が殺されたことがあったでしょう？」

「ああ、覚えてるよ」

「あの日ですよ。私は、あの日、あなたとこの堤防の上で会っているんですよ」

と、田宮はいった。

「そうだったかねえ」

小坂井は、首をかしげながら歩いて行った。

堤防の奥に行くにしたがって、観光客の姿が少なくなってくる。

「思い出しませんか？」

田宮が、重ねてきいた。

堤防の端近くまで来ていた。

急に、小坂井が、「ああ」という声を出した。

「思い出したよ」

「どんなことを思い出したんですか？」

「確かにあの日、この堤防の上であんたにぶつかった。そのとき、変なものが、飛んだんで、何だろうと思ったら、かつらだったんだ。そうだよ。別に、ハゲでもないのに、かつらをつけているんで、変な男だと思ったんだ。それを思い出したよ。あれは変装してたんだな」

と、小坂井はいった。

「やっぱり、覚えていたんだね」

田宮は、急に語調を変えた。

小坂井は、不安を覚えたのか、二、三歩後ずさりして、

「なんだよ？　何をするんだ？」

「警察に聞かれたら、あんたは、きっと私のことを思い出したはずだ。かつらのこともね。そうなると困るんだよ」

田宮は、いいながら、ポケットに忍ばせて来たナイフを取り出した。

小坂井の顔が青くなった。

「おれを殺す気か？」

「あんたに恨みはないが、生きていられると困るんだよ」

田宮は、乾いた声でいい、ゆっくり、ナイフを構えたまま、小坂井に近づいた。

後ずさりしていった小坂井が、堤防の角に追い込まれた。

「そのまま飛び込んで死んでくれたら、いちばんいいんだがね。そうもいくまいから、おれが殺してやるよ」

田宮が、変にすわった眼で、小坂井にいったとき、ふいに彼の背後で、

「そこまでだ！」

と、大きな声がした。

田宮が、振り向く。

十津川が、突っ立って、じっと田宮を睨んでいたが、その顔に微笑が浮かんだ。

「そんなに驚くことはないだろう。君が水原を殺したとき隠れていたトンネルに、私も同じように隠れて君を待っていたんだよ。多分、証人を殺すとしたら、観光客の死角になるこの場所でやるだろうと思ってね」

と、十津川はいった。

解説

小椰《おなぎ》治宣《はるのぶ》（日本大学教授・文芸評論家）

日本最初の鉄道が、明治五年（一八七二）に、新橋―横浜間で開業するが、その時には「駅」という用語は使われていなかった。今でいう駅は「ステイション」などと呼ばれていたのである。もともと「駅」は、宿駅制度のなかで明治になるまでは使用されていた用語であった。その宿駅制度が鉄道開業と同じ年に廃止され、道路から鉄道へと「駅」が移行していくことになる。「ステイション」が「駅」へといつ変わったのかは定かではないらしいのだが、「停車場」と「駅」とが併用される時期を経て、「駅」が鉄道機関の施設として、正式に法令用語として定義づけられたのは、ほぼ百年前のことだ。大正十年（一九二一）公布の「国有鉄道建設規程」（鉄道省令第二号）においてであった。その第五条で、「駅」は、〈列車ヲ停止シ旅客又ハ荷物ヲ取扱フ為設ケラレタル場所〉と定義されている。駅、操車場、信号場――これらを総称して停車場と呼んでおり、駅は停車場の一施設として位置づけられたのであった（原田勝正『駅の社会史』中公文庫）。

この「駅」は、多くのミステリー作品の舞台となり、松本清張『点と線』をはじめとした数々の名作を生む場ともなっている。『東京駅殺人事件』を第一作とする西村京太郎氏の「駅シリーズ」は、その典型といえるのではなかろうか。

「駅シリーズ」は『東京駅殺人事件』のあと、上野駅、函館駅、西鹿児島駅と続き、札幌駅の本作が五作目である。「駅シリーズ」ではあるが、物語は札幌駅ではなく、千歳空港で幕を開ける。不倫している男女が、ここで再会する。東京での生活をすべて捨てて、北海道で新たな生活を始めようと決意した二人は、まず二十四歳で中堅商社のOLだった市川真代が先発して準備を整えた所へ、上司だった営業課長の田宮が合流する手筈になっていた。四十歳になるエリートの田宮には十二年間連れ添った資産家の妻がいる。果たして、エリートの地位と妻を捨てて、約束通り空港に姿を見せるのか。真代は不安な気持ちで待っていたが、一千万円の現金をボストンバッグに詰めて田宮は、真代のもとへやって来たのだった。

こうして、真代が夢みた田宮と二人だけの生活が札幌で始まる。田宮は惜し気もなく金を使い、新居に新しい家具を整えていった。ところが旬日を過ぎた六月十五日、

「札幌まつり」で賑わう中島公園に田宮と出かけた真代は、怪しい男の影を感ずる。

事件が起きたのは、真代たちが中島公園に行ったその日の夜のことだった。函館を発して札幌駅に到着した「北斗13号」の車内で男の刺殺死体が発見されたのだ。被害者は東京で私立探偵社をやっていた石本功という男であった。

新聞でこの事件を知った真代は、中島公園で見かけた男と殺された男が同一人物ではないかと思えてきた。新聞に載った写真が例の男と似ているのだ。田宮も、妻が私立探偵を使って自分たちの行方《ゆくえ》を探しかねないとはいうものの、真代が男を目撃した時間には、男は函館から札幌へ向かう「北斗13号」に乗っていたはずなので、別人だと主張する。確かに列車に乗っているはずの時間に被害者が、中島公園に姿を現すことは物理的に不可能なのだ。

一方、道警の要請によって警視庁捜査一課の十津川警部や亀井刑事たちは、被害者石本功の身辺調査を続けていた。その結果、殺される五日前に石本の銀行口座に五百万円が振り込まれていたことを突きとめた。この金額の大きさからみて、何か、あまりおおやけには出来ない仕事を請け負っていた可能性が高い。それが原因で殺されたのか。早速、振り込んだ男のモンタージュが作られ、道警へ送られた。

真代と田宮は、石本の死体が発見されたあと、定山渓温泉に滞在していたが、そこにも二人の姿を撮ろうとしている男がいた。明らかに田宮の妻、はるみが二人を捜し出そうとしているとしか、真代には思えない。

そんな矢先、札幌まで田宮を追って来ていたはるみが、ホテルの一室で殺された。しかも、その死体を発見したのは、妻と話をつけるとホテルへ出かけていったまま姿を消した田宮を捜しにやってきた真代だったのだ。危うく現場から逃れたものの、真代は、重要参考人として手配されることになってしまう。この展開には、真代ばかりでなく、読者も驚いたに違いない。

ここから一転して、真代と田宮との甘い新生活は、逃亡生活へと切り換わってしまうのだ。まるでオセロゲームの盤上の駒が、白から黒へと一瞬にして反転してしまったようなものである。田宮は真代の前から行方を晦《くら》ましたままで、一人残された真代には、さらなる試練が待ち伏せていた。真代を襲う想定外の成り行きは、仕組まれたものなのか、それとも運命でしかないのか。本書は「駅シリーズ」中、もっといえば「十津川警部シリーズ」の中でも、その先の読めない輻輳《ふくそう》する、しかもスピーディなストーリィ展開は屈指といえる。その中で、愛を信じ苦悩するヒロイン真代の痛々しい姿が印象的だ。

終盤で、捜査にあたる道警の三浦警部の頭を「裏切り」という言葉がよぎる場面があるが、この言葉こそ本書を貫くタテ糸ともいえる。十津川警部シリーズにはタイトルに「裏切り」を冠した作品は決して多くはないが（『恋と裏切りの山陰本線』、『愛と裏切りの石北本線』、『十津川警部　裏切りの街　東京』、長編の『十津川警部「裏切り」』、『裏切りの特急サンダーバード』など）、裏切りを潜めた作品は少なくない。「駅シリーズ」第三作『函館駅殺人事件』にも「裏切り」が隠れている。ちなみに西村氏は、色紙に「人生は愛と友情と裏切りで成り立っている」と揮毫《きごう》することが多い。本書は、この色紙の中の、「愛」をヨコ糸に「裏切り」をタテ糸にして織られたような作品ともいえるのではなかろうか。

　さて、本書は千歳空港から幕を開けたわけだが、タイトルの「札幌駅」はどんな役割を演じているのであろうか。それは、最終章（第八章）の「札幌駅の罠」まで待たねばならない。札幌駅は、いわば、取りに登場することになる。そこでの十津川たちと犯人との攻防、「裏切り」が白日のもとに晒《さら》される瞬間は圧巻である。

　本書では、東京から北海道へ渡るには飛行機が使われていたが、北海道新幹線が開業してからは、鉄道での旅も楽しめるようになった。本書の初刊（一九八八年）から二十八年後のことだ。その北海道新幹線開業の二〇一六年三月二十六日に一番列車のグリーン車内で殺人事件が起こるという設定で、奇妙なストーリーが展開していくのが、『北海道新幹線殺人事件』である。本書と併せて読んでみるのも一興と思われるので、簡単に内容を紹介しておこう。

開業に合わせて北海道新幹線を題材としたミステリーを書かないかと、売れないミステリー作家が出版社から打診を受けた。開業の前日までに出版して、開業当日大々的に売り出そうというのだ。そうすれば、ベストセラー間違いないと、強引に迫る出版社の社長に根負けして、僅《わず》か二ヵ月で『北海道新幹線殺人事件』を書き上げる。開業初日、一番列車にその小説家も乗り込んだが、グリーン車内で小説とそっくりの殺人事件が起きてしまう。その後も、小説の内容を踏襲したかのような事件が相次いで起こっていく。小説と現実とが錯綜《さくそう》するかのように起こる事件の背後には、江戸時代に盛んに行われていたが現代では禁じられている、ある行為の復活を目指す人物がいた……。

この北海道新幹線は、青函トンネルを抜けて、北海道の地まで東京から乗り換えなしで運んでくれるが、それも函館（新函館北斗駅）までである。札幌に到着するには、もう一ルート必要となる。その区間を継いでいる特急を題材とした作品も十津川シリーズにはある。『スーパー北斗殺人事件』（二〇一九年）だ。

この特急で函館から札幌に通っている大学生が、車椅子で毎週月曜日に乗車してくる「寂しげな笑顔」の女性に好意を抱くようになった。そして、ついに札幌駅から尾行することにしたのだが失敗し、その後彼女はスーパー北斗に姿を見せなくなってしまう。ところが、上京した彼は、彼女と瓜二つの女性を上野で見かけたものの、その女性は毒殺されてしまった。スーパー北斗の彼女とその女性は同一人物なのか。事件の背後には名門松平《まつだいら》家にまつわる黒い野望が渦巻いていた。幕末史とも絡んでいるこの作品は、作者が得意とする歴史とミステリーを融合させたものといえる。

そして、歴史といえば、最新作『東京オリンピックの幻想』（二〇二〇年）は、昭和十五年（一九四〇）に開催されるはずだった「幻のオリンピック」を題材とした、実に読み応《ごた》えのある歴史サスペンスだ。十津川ファンにとっては、十津川の妻、直子の、大変な資産家である叔母の秘密が明かされることになる。それは、十津川自身さえこれまで知らされていなかった幻のオリンピックに絡んだ秘話でもあった。

八十年前のオリンピック返上による国民の衝撃は、今回のオリンピック延期と相通ずるものがあるといえるのではなかろうか。その八十年前の出来事を十歳の時に体験した西村京太郎氏は、今年（二〇二〇年）の秋に九十歳となる。だが、そのような年齢を感じさせることなく、今も複数の雑誌に連載の筆を進めているのだ。しかも作品の「面白さ」に揺らぎは見られない。九十歳にして、さらなる飛躍を期待させる稀有《けう》な作家の次の作品が楽しみである。

一九八八年六月　カッパ・ノベルス
二〇一〇年一二月　光文社文庫

札幌駅殺人事件《さつぽろえきさつじんじけん》

西村京太郎《にしむらきょうたろう》

2020年6月11日第1刷発行

発行者――渡瀬昌彦

発行所――株式会社　講談社

東京都文京区音羽2-12-21　〒112-8001

電話　出版（03）5395-3510

販売（03）5395-5817

業務（03）5395-3615

Printed in Japan

講談社文庫

定価はカバーに表示してあります

デザイン―菊地信義

本文データ制作―講談社デジタル製作

印刷――株式会社廣済堂

製本――株式会社国宝社

ISBN978-4-06-520165-7

講談社文庫刊行の辞

二十一世紀の到来を目睫に望みながら、われわれはいま、人類史上かつて例を見ない巨大な転換期をむかえようとしている。

世界も、日本も、激動の予兆に対する期待とおののきを内に蔵して、未知の時代に歩み入ろうとしている。このときにあたり、創業の人野間清治の「ナショナル・エデュケイター」への志を現代に甦らせようと意図して、われわれはここに古今の文芸作品はいうまでもなく、ひろく人文・社会・自然の諸科学から東西の名著を網羅する、新しい綜合文庫の発刊を決意した。

激動の転換期はまた断絶の時代である。われわれは戦後二十五年間の出版文化のありかたへの深い反省をこめて、この断絶の時代にあえて人間的な持続を求めようとする。いたずらに浮薄な商業主義のあだ花を追い求めることなく、長期にわたって良書に生命をあたえようとつとめるところにしか、今後の出版文化の真の繁栄はあり得ないと信じるからである。

同時にわれわれはこの綜合文庫の刊行を通じて、人文・社会・自然の諸科学が、結局人間の学にほかならないことを立証しようと願っている。かつて知識とは、「汝自身を知る」ことにつきていた。現代社会の瑣末な情報の氾濫のなかから、力強い知識の源泉を掘り起し、技術文明のただなかに、生きた人間の姿を復活させること。それこそわれわれの切なる希求である。

われわれは権威に盲従せず、俗流に媚びることなく、渾然一体となって日本の「草の根」をかたちづくる若く新しい世代の人々に、心をこめてこの新しい綜合文庫をおくり届けたい。それは知識の泉であるとともに感受性のふるさとであり、もっとも有機的に組織され、社会に開かれた万人のための大学をめざしている。大方の支援と協力を衷心より切望してやまない。

一九七一年七月

野間省一

講談社文庫 最新刊

上田秀人 布石〈百万石の留守居役㈤〉

宿老・本多政長不在の加賀藩では、嫡男《ちゃくなん》・主《との》殿《も》の周囲が騒がしくなる。〈文庫書下ろし〉

佐々木裕一 若君の覚悟〈公家武者 信平《のぶひら》㈧〉

信平のもとに舞い込んだ木乃伊《みいら》の秘薬騒動。若き藩主を襲う京の魑魅《すだま》の巨大な陰謀とは!?

こだま ここは、おしまいの地

田舎で「当たり前」すら知らずに育った著者の失敗続きの半生。講談社エッセイ賞受賞作。

西尾維新 掟上今日子の退職願

「最速の探偵」が、個性豊かな4人の女性警部と4つの事件に挑む! 大人気シリーズ第5巻。

神楽坂 淳 うちの旦那が甘ちゃんで 8

沙耶が芸者の付き人「箱屋」になって潜入捜査。他方、月也は陰間茶屋ですごいことに!

西村京太郎 札幌駅殺人事件

社内不倫カップルが新生活を始めた札幌で二件の殺人事件が発生。その背景に潜む罠とは。

椹野道流 南柯《なんか》の夢 鬼籍通覧

少女は浴室で手首を切り、死亡。発見時、傍らには親友である美少女が寄り添っていた。

講談社文庫 最新刊

伊兼源太郎
地検のS
湊川《みなとがわ》地検の事件の裏には必ず「奴」がいる——。元記者による、新しい検察ミステリー！

中村ふみ
月の都 海の果て
東の越《えつ》国後継争いに巻き込まれた元王様。軟禁中に大発生した暗魅《ばけもの》に立ち向かう羽目に!?

吉川永青
老侍
群雄割拠の戦国時代、老いてなお最期まで「侍」だった武将六人の生き様を描く作品集。

日野草
ウェディング・マン
妻は殺し屋——？ 尾行した夫が見た、驚愕の妻の姿。欺きの連続、最後に笑うのは誰？

中島京子 ほか
黒い結婚 白い結婚
結婚。それは人生の墓場か楽園か。7人のストーリーテラーが、結婚の黒白両面を描く。

デボラ・クロンビー
西田佳子 訳
警視の謀略
ロンドンの主要駅で爆破テロが発生。キンケイド警視は記録上〝存在しない〟男を追う！

さいとう・たかを
戸川猪佐武 原作
歴史劇画 大宰相
〈第八巻 大平正芳の決断〉
解散・総選挙という賭けに敗れた大平に、辞任圧力を強める反主流派。四十日抗争勃発！

講談社文芸文庫

古井由吉
野川
解説=佐伯一麦　年譜=著者、編集部

東京大空襲から戦後の涯へ、時空を貫く一本の道。老年の身の内で響きあう、生涯の記憶と死者たちの声。現代の生の実相を重層的な文体で描く、古井文学の真髄。

ふA12
978-4-06-520209-8

古井由吉
詩への小路
ドゥイノの悲歌
解説=平出 隆　年譜=著者

リルケ「ドゥイノの悲歌」全訳をはじめドイツ、フランスの詩人からギリシャ悲劇まで、詩をめぐる自在な随想と翻訳。徹底した思索とエッセイズムが結晶した名篇。

ふA11
978-4-06-518501-8

中村江里子　女四世代、ひとつ屋根の下
中野美代子　カスティリオーネの庭
中野孝次　すらすら読める方丈記
中野孝次　すらすら読める徒然草
中山七里　贖罪の奏鳴曲《ソナタ》
中山七里　追憶の夜想曲《ノクターン》
中山七里　恩讐の鎮魂曲《レクイエム》
中山七里　悪徳の輪舞曲《ロンド》
長島有里枝　背中の記憶
長浦　京　赤刃《セキジン》
長浦　京　リボルバー・リリー
中澤日菜子　お父さんと伊藤さん
中澤日菜子　おまめごとの島
長辻象平　半百《はんぴゃく》の白刃　虎徹と鬼姫(上)(下)
中脇初枝　世界の果てのこどもたち
西村京太郎　七人の証人
西村京太郎　華麗なる誘拐
西村京太郎　寝台特急「日本海」《メモリー・トレイン》殺人事件
西村京太郎　十津川警部 帰郷・会津若松

西村京太郎　特急「あずさ」《アリバイ・トレイン》殺人事件
西村京太郎　十津川警部の怒り
西村京太郎　宗谷本線殺人事件
西村京太郎　奥能登に吹く殺意の風
西村京太郎　特急「北斗1号」《スーサイド・トレイン》殺人事件
西村京太郎　十津川警部　湖北の幻想
西村京太郎　九州特急「ソニックにちりん」殺人事件
西村京太郎　十津川警部　幻想の信州上田
西村京太郎　十津川警部　金沢・絢爛たる殺人
西村京太郎　東京・松島殺人ルート
西村京太郎　新装版　殺しの双曲線
西村京太郎　愛の伝説・釧路湿原
西村京太郎　山形新幹線「つばさ」殺人事件
西村京太郎　新装版　名探偵に乾杯
西村京太郎　十津川警部　君は、あのSLを見たか
西村京太郎　南伊豆殺人事件
西村京太郎　十津川警部　青い国から来た殺人者
西村京太郎　十津川警部　箱根バイパスの罠
西村京太郎　新装版　天使の傷痕

西村京太郎　新装版　D機関情報
西村京太郎　十津川警部　猫と死体はタンゴ鉄道に乗って
西村京太郎　韓国新幹線を追え
西村京太郎　北リアス線の天使
西村京太郎　十津川警部　長野新幹線の奇妙な犯罪
西村京太郎　上野駅殺人事件
西村京太郎　京都駅殺人事件
西村京太郎　沖縄から愛をこめて
西村京太郎　十津川警部「幻覚」
西村京太郎　函館駅殺人事件
西村京太郎　内房線の猫たち〈異説里見八犬伝〉
西村京太郎　東京駅殺人事件
西村京太郎　長崎駅《ナガサキ・レディ》殺人事件
西村京太郎　十津川警部　愛と絶望の台湾新幹線
西村京太郎　西鹿児島駅殺人事件
仁木悦子　猫は知っていた
新田次郎　新装版　武田勝頼　(一)陽の巻　(二)水の巻　(三)空の巻
新田次郎　新装版　聖職の碑《いしぶみ》
新田次郎　新装版　風の遺産

講談社文庫 目録

新田次郎 新装版 鷲ヶ峰物語
日本文芸家協会編 愛 染 夢 灯 籠〈時代小説傑作選〉
日本推理作家協会編 犯人たちの部屋〈ミステリー傑作選〉
日本推理作家協会編 隠 さ れ た 鍵〈ミステリー傑作選〉
日本推理作家協会編 Play《プレイ》 推理遊戯〈ミステリー傑作選〉
日本推理作家協会編 Doubt《ダウト》 きりのない疑惑〈ミステリー傑作選〉
日本推理作家協会編 Bluff《ブラフ》 騙し合いの夜〈ミステリー傑作選〉
日本推理作家協会編 Symphony《シンフォニー》 漆黒の交響曲〈ミステリー傑作選〉
日本推理作家協会編 Esprit《エスプリ》 機知と企みの競演〈ミステリー傑作選〉
日本推理作家協会編 Life《ライフ》 人生、すなわち謎〈ミステリー傑作選〉
日本推理作家協会編 Love《ラブ》 恋、すなわち罠〈ミステリー傑作選〉
日本推理作家協会編 Propose《プロポーズ》 告白は突然に〈ミステリー傑作選〉
日本推理作家協会編 Acrobatic《アクロバティック》 物語の曲芸師たち〈ミステリー傑作選〉
日本推理作家協会編 謎 0 1 0〈大沢在昌選 スペシャル・ブレンド・ミステリー〉
日本推理作家協会編 ベスト8ミステリーズ2015
二階堂黎人 ラ ン 迷 宮〈二階堂蘭子探偵集〉
二階堂黎人 増加博士の事件簿
新美敬子 猫のハローワーク
西澤保彦 新装版 七回死んだ男
西澤保彦 人格転移の殺人
西澤保彦 麦酒《ばくしゅ》の家の冒険
西澤保彦 新装版 瞬間移動死体
西村 健 ビ ン ゴ
西村 健 地の底のヤマ(上)(下)
西村 健 光陰の刃《やいば》(上)(下)
楡 周平 青 狼 記(上)(下)
楡 周平 陪 審 法 廷
楡 周平 宿 命(上)(下)〈ワンス・アポン・ア・タイム・イン・東京〉
楡 周平 血 戦〈ワンス・アポン・ア・タイム・イン・東京2〉
楡 周平 修 羅 の 宴(上)(下)
楡 周平 レイク・クローバー(上)(下)
西尾維新 クビキリサイクル〈青色サヴァンと戯言遣い〉
西尾維新 クビシメロマンチスト〈人間失格・零崎人識〉
西尾維新 クビツリハイスクール〈戯言遣いの弟子〉
西尾維新 サイコロジカル (上)〈兎吊木垓輔の戯言殺し〉(下)〈曳かれ者の小唄〉
西尾維新 ヒトクイマジカル〈殺戮奇術の匂宮兄妹〉
西尾維新 ネコソギラジカル(上)〈十三階段〉
西尾維新 ネコソギラジカル(中)〈赤き征裁vs.橙なる種〉
西尾維新 ネコソギラジカル(下)〈青色サヴァンと戯言遣い〉
西尾維新 ダブルダウン勘繰郎《かんぐろう》 トリプルプレイ助悪郎《スケアクロウ》
西尾維新 零崎双識の人間試験
西尾維新 零崎軋識《ぜろざききしき》の人間ノック
西尾維新 零崎曲識の人間人間
西尾維新 零崎人識の人間関係 匂宮出夢との関係
西尾維新 零崎人識の人間関係 無桐伊織との関係
西尾維新 零崎人識の人間関係 零崎双識との関係
西尾維新 零崎人識の人間関係 戯言遣いとの関係
西尾維新 xxxHOLiC アナザーホリック
西尾維新 ランドルト環《かん》エアロゾル
西尾維新 難 民 探 偵
西尾維新 少 女 不 十 分
西尾維新 本 題〈西尾維新対談集〉
西尾維新 掟上今日子《おきてがみきょうこ》の備忘録
西尾維新 掟上今日子の推薦文
西尾維新 掟上今日子の挑戦状
西尾維新 掟上今日子の遺言書
西村賢太 どうで死ぬ身の一踊り
西村賢太 夢 魔 去 り ぬ

2020年3月15日現在